重庆都市作家丛书

天空很蓝

Tiankong Henlan

赵历法 著

重庆出版集团 重庆出版社

图书在版编目（CIP）数据

天空很蓝 / 赵历法著. —重庆:重庆出版社,
2016.6
ISBN 978-7-229-11270-7

Ⅰ. ①天… Ⅱ. ①赵… Ⅲ. ①诗集—中国—当代
Ⅳ. ①I227

中国版本图书馆CIP数据核字(2016)第128920号

天空很蓝

TIANKONG HENLAN

赵历法 著

责任编辑：吴向阳 陈 婷
责任校对：杨 婧
装帧设计：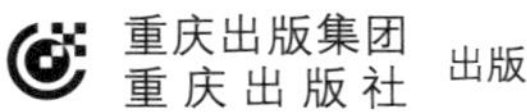 周 娟 廖明媛

重庆出版集团
重 庆 出 版 社 出版

重庆市南岸区南滨路162号1幢 邮政编码：400061 http://www.cqph.com
重庆俊蒲印务有限公司印刷
重庆出版集团图书发行有限公司发行
邮购电话：023-61520646
全国新华书店经销

开本：787mm×1092mm 1/16 印张：13 字数：110千
2016年6月第1版 2016年6月第1次印刷
ISBN 978-7-229-11270-7

定价：25.00元

如有印装质量问题，请向本集团图书发行有限公司调换：023-61520678

序

赵兴中

赵历法的诗歌创作一直贴近传统和现实生活，走的是一条朴素健康的诗歌创作之路。当然，作为写作诗歌近40年的资深创作人，他肯定明白诗歌作品的深度和厚重，仅仅依赖思辨和挖掘是很难达到的，需要岁月的沉淀和生命的体验，需要感悟和积累。诗歌作品中的主观臆想和情理思辨，就像熬中草药时加入的药引，轻[illegible]很是讲究。相对于诗歌写作已成老中医级别的[illegible]诗离现实生活该有多远，离情感气息该有多近，[illegible]有多空灵，离理性的思辨该有多绵实，自然是心[illegible]通的。

自称世俗生活[illegible]大俗子的赵历法，在大足领地，从才貌到才华，从职业到诗艺，都是令人钦佩和敬仰的。在我与他近二十年的频繁交往中，感慨系之，获益良多。虽日常多为诗艺交流，然情意和心境一经打开，便以研习诗意文字为抓手，以义结江湖豪气为旨趣，以纵横人生展痕为轨迹，以调和人间冷暖为契机，以亲近大足石刻为幌子，以吆五喝六结交兄弟为目的，与之喝酒，与之聊诗。

赵历法不是一个冥思苦想的诗人，他也不靠灵气和才情写作。《天空很蓝》这部诗集，由《父母在，不远游》《西厢情歌》《天空很蓝》《路漫漫》四辑组成，囊括了他近年来创作的，也是最受读者喜爱的亲情诗、爱情诗、友情诗。题材在拓展，诗歌创作手法和风格，也跟随题材、结构、语言、心境、意象的嬗变而变化，从不同角度切入诗歌文本，优化了他诗歌创作的丰硕成果。尤其亲情诗中的不少篇什，以真情抒写亲情和忧虑，读来令人牵肠挂肚，为人生和命运担忧。例如，《纵横体内的痛》这首诗，的确是一首有震撼力的好诗，他用生命铸造诗歌，写出了母亲的生命和灵魂，把自己对母亲的情感，和母亲对自己的感情，写得千回百转，百转千回，回肠荡气。

从电影公司退休后，赵历法又受聘于大足区文联，坐在办公室里正儿八经地协助文联主席编辑《大足文艺》季刊。闲暇时光，他骑着心爱的自行车，去他夫人营造的花卉苗木基地游览；转眼，他又与自行车骑行队的队友们一块骑行，显得精神抖擞。这很像他写诗，一直在变化中感受体悟，寻找触类旁通的结果，他一直喜欢有容量和张力的诗句，顿悟曲径通幽之妙。事实上，对于诗人来说，阅读很重要，必须要读好作品，吸收营养。当你独处，在自己的书房里，独自品一杯红酒，慢，再慢，慢品，方可品咂出滋味来。读诗，写诗，评诗，亦然。

在喜欢赵历法亲情诗的读者还沉浸在亲、爱、痛、惜交织的氛围里，他又摇身一变，以高富帅的身姿靠近了《西厢记》，喷薄而出的诗意，流进了他 100 余首《西厢情歌》。其实诗歌不需要太多语言的华美富丽，质朴才是硬道理，这些语言表达丰富、内容涵盖今古、才情怡然自得的情诗，成功登上《诗刊》《星星》，在大型诗歌赛事上获奖，这些成功有赖于他的感悟："诗歌是人类用具象和意象表达情感的古老形式，现代诗歌分行，满足了诗歌结构的建筑美、节奏的韵律美，还有立体感、空白感的营造，以及在速度上提醒读者慢下来，听时间的思索和共鸣。"

赵历法之所以写诗不懈，穷四十余年不辍，源于心中有爱，有美，有诗。诗歌需要干净的文字，干净的文字才是诗歌的好孩子。写诗和恋爱是一脉相承的，能够达成契合，便是中意了。在我的印象中，历法兄总是以诗歌的名义，令来来往往的诗歌兄弟们中意。他有一首诗题为《母亲，我把自己送上内心的法庭》，“父亲走后，母亲把儿女们的心／拽进了福利院／／仿佛谁无意间／捅破了湛蓝的天／／从此，我的心里／三百六十五天都是倾盆大雨！不管我怎样努力／／为人民做好每一件事情，人民币／都像一张张传票／我在自己内心的法庭，等待／终身监禁”。我在夜深人静，想念去世已四十年的母亲的时候，读这首诗，就会情不自禁地从内心深处喊出一个模糊的语义含混的词来，我想，历法写这首诗时，努力控制住自己的情绪，手中的笔抖落的墨滴，是泪，是愧疚，是无奈，是“内心的法庭”。

赵历法写西厢情歌，写人生游历，写现实际遇，诗中你都可以读出他升华的情绪。我们每一个人在社会生活中，都要行走生存的钢丝，人生中有许多事情会直接影响你的理想难以企及，但即使卑微，你也不得不感恩生活。感恩和生活，也是作为诗人的赵历法永远无解的内心纠结。当然，感恩也是伴他一生的汉字，诗，情感，爱，放在社会学层面上阅读，即是承载，即是责任，这就是一个重庆诗人的中国梦。

《天空很蓝》这部诗集，即将由重庆市作家协会资助出版，受兄所托，为之序。按理我这不成器的诗歌兄弟，是不够资格为兄的大著作序的，基于他在重庆陪嫂夫人检查微恙之际，直接交代下来的事情，却之不恭，故而勉力为之，贻笑大方之处，敬祈海涵。

是为序。

弟兴中作于璧山区图书馆

二零一五年中秋节

contents

目录

父母在，不远游

Fumuzai, Buyuanyou

辑

母亲是叶，父亲是根

母亲是叶，父亲是根。深秋
长眠地下的根啊，是怎样的孤寂
和凄楚；飘摇枝头的枯叶啊
是怎样的无助和清冷。地上地下
都连着我的心哇，我的心
该是怎样的疼痛和丰盈

其实，父亲是我的姓，母亲是我的名
一直以来，我都这样填写。当祖国
呼唤我的名字，其实就是呼唤
我的根本。我的父亲母亲
清白一生；我一生都在用清白
抒写我的姓和名

纵横体内的痛

——写在母亲卧床的八十岁生日

带着八十年时光行走的母亲，最终
把自己命里的疼痛，全部
浓缩进骨髓，把自己精雕细刻的
一张老皮，平平整整地摊放在床上
反反复复，包裹着自己的一把老骨头

腰部以下的四节脊椎骨
返老还童，拉着手左冲右突
慈善的母亲，怎么也包不好它们
反把一张老皮越包越皱

像纸包不住火，这些外突内拱的骨头
窜入我的血管。大脑骤然短路
心的荧屏一片惊悸和惶恐

母亲腰椎骨节长势很好，长成
我心脏的肿瘤。吸着心血
疯长。遮蔽我三百六十五日不见天光

母亲腰椎的新生骨质是一柄
锋利的游刃。嗜血成性
纵横在我的体内

新生骨质是一群乱臣贼子，挟持
母亲的八十岁寿龄雄霸天下
令五十四岁的儿子俯首称臣

“生日快乐”
情感的江河汹涌澎湃。泪光
从杯中向心底回流

母亲抱紧一把老骨头，幽幽地说
别牵挂娘。娘好。你好好工作
心底地震：两眼炽热的溶流喷涌

我是母亲生命的枝丫，却不能
让母亲的生命四季常绿。隐痛
把我的心风干成枯黄的化石

母亲，我把自己送上内心的法庭

父亲走后，母亲把儿女们的心
拽进了福利院

仿佛谁无意间
捅破了湛蓝的天

从此，我的心里
三百六十五天都是倾盆大雨！不管我怎样
　努力
为人民做好每一件事情，人民币
都像一张张传票
我在自己内心的法庭，等待
终身监禁

父亲在我心中午睡

父亲在我心中午睡
像平淡人生的一次假寐

父亲侧身午睡。轻轻摇动
老蒲扇，沟壑纵横的日子
一马平川。这是父亲生前

一天中短暂安静的一个时辰
远离劳动的情景。堂屋
纸窗的树影，缓缓向父亲俯身

而今在我空调的新居，父亲
端坐正墙上，早已荣辱不惊
仁慈安详的目光，照耀我风雨人生

像平常人生的一次假寐
父亲在我心中午睡

母亲住在福利院

我的心在城西。离我身体三公里
叫倒马坎的地方。有一家福利院

和风丽日。白云漫步我的心湖
鸟影划出清鸣，生活的蓝天倒映山水

暴雨将至。母亲浑身骨节
啪啪作响，炸裂我的心壁

早餐午餐晚餐起床睡觉沐浴
更有干湿度反差强烈叫骨质增生的

一大堆词语。母亲啊您把它们
一会儿塞进我的心里，一会儿收回您的体内

我的日子就一会儿紧张一会儿舒缓
母亲住在福利院，仅带走我一颗心

留下我的身体在俗务中浮沉
母亲紧紧拽着我每一根神经

一粒荔枝的疼痛

母亲的病床前
我剥开一粒荔枝，荔枝晶莹的心
在颤颤地抖动。就好像
有一只手，把它越抓越紧，那指尖
已深深挖进痉挛的肉中。就好像
一把没有锋刃的刀子，一下一下
切割着我的神经。一样的疼痛和惶恐
荔枝和我泪眼朦胧：我们
在心里呼唤煤层深处的父亲
好像只要父亲回家，母亲的病
就会好转，至少
瘫成一团的慌乱，不再茫然无主。然而
父亲的矿灯，彻夜亮在他乡
突击出煤的矿井

所有的荔枝
都是明亮的矿灯，照亮了
病床上的母亲，照亮了
一列厚厚的煤层。照亮了
一生把自己交给矿井的父亲
和他心中颤颤的疼

父亲，我先支付您一年利息

父亲，您把六十六年的心血
一分一角一元地积攒起来，存进
一个叫赵历法的，以及
其他几个存折

有几次，我把一生的几个阶段，作了
很好的安排：二十而冠；三十而立
筹建了分支机构；办理了分支存折
什么都不能蛊惑的岁数我去了西北
本打算搬回乌鲁木齐，全力供奉
您和母亲。却未料
您老人家提前中止了
我的还款合同。独自一人
移居冥府

又是清明
父亲，我先支付您一年利息：
香蜡纸烛，刀头[1]，糖果，还有
一杯淡酒。一一摆在你小小土屋的门前
本钱我现在还不能还，既然
拖欠了您五十七年了，我还要
使用四十三年，把人类的使命进行到底

---

[1] 刀头，指祭祀时供奉的刀头肉（猪肉）。

就算是为您再保存四十三个暮秋和晚春
剩下的四十三年利息，我还是一年一年支付
打捆我是不干的。您同意也好
不同意也罢。这辈子
我就是您老人家长不大的无赖小痞子
我就是要
让您再等四十三年。四十三年以后
我定当双手奉上，连本带利一次还

我就是要看您
在这四十三年里，开不了口地乐
开不了口地笑。权当抵偿
拖欠您生前的债

窗下，我为母亲掏耳朵

母亲，请把头向左偏一偏
向左，再偏一点。好了，差不多
四十五度的样子。但还是有一点死角
光线怎么也抵达不了。光线达不到
我不敢掏，真的母亲，我不敢
掏：偏一丝丝，怕挖伤您的耳壁
深一点点，又怕伤了您的耳膜

您掏您掏
母亲您自己掏嘛。您从被窝里
伸出手来，颤颤抖抖
抬到肩的位置，您就赖着不动了
再抬高一点，哦再来。您又开始努力
终于到达腮帮，五指

像五根枯黄的干葱，颤抖着晃动了几下
您像小孩一样笑了，说真的是不得行

母亲，小时候，您让我把头
放在您的膝上，向左
或向右偏着。生活让您的兰花指
不断变粗变糙。但
您给我掏耳朵，仍那么轻盈、灵巧
您轻柔的鼻息，像一丝秀发
飘在我的脸颊

哦，别动，母亲
我已掏着了。您看，金黄金黄的，有一点
　稀湿
母亲，您老实说
是不是把我给您买的蜂蜜，偷偷
藏进了您的耳朵。母亲再一次笑了
笑得毫无声息

母亲练成了分身术

母亲轻而易举就把自己身体分开：
想什么时候就什么时候
把自己八十三岁木乃伊的身体
安放在我的心里。而且，她躺着不动
可以同时进入弟妹们的心中
和出入我的梦境

小时候，我多么希望母亲
会分身术，母亲就可以在同一时间
挑水、煮饭、捡拾麦穗和谷穗，或者
为我们饥饿的童年寻回别的什么食物
然而我看见母亲，总是背着一背一背
珍珠闪烁的青草，到几里路外的骡马站
换取分币

现在，母亲的分身术已炉火纯青
她自己分身出来，让我
在上班的时候、吃饭的时候，或者
骑在自行车上，或者为母亲拣药买水果

买尿不湿的时候……都能
清清楚楚地看见
她总静静地躺着——纹丝不动
好像刚刚跨上鹤背……那一瞬，一枚青杏
掉进我胸腔的果汁机，酸涩的汁液
忽然在我的方寸间、眼中、鼻腔
涌动

母亲啊，不要这样躺着
练分身术了。您自己挪动一下身体吧
您起来！哪怕
起来坐坐轮椅也好，让您五十六岁的儿子
推着您在发福的城市
转悠，在妖艳的街头
……走一走……

我把目光放低三分

父母的遗像前，我的目光
总是要放低三分：我对父母的爱
多么虚伪：如果我对父母
像父母爱我那么真诚
我为什么要远走新疆，让父亲
在与呼吸系统解除合约的时候
依旧想着我和我的饭碗
闭着双目几天几夜苦等！最后
不得已迁居一个盈尺的小木屋
只给我留下，忏悔的遗产
如果我对父母的爱，像父母
爱我那么真诚，我为什么
要让母亲在老年公寓，常年追寻
我东奔西走的身影！直到

母亲用烙入命里的孤苦，兑换了
一身褥疮，我还在生活的现场
走生存的钢丝

父亲啊，母亲啊
人们常当着你们的面说我是孝子
你们听不见了，他们还是这样说
父亲母亲啊
那是他们拿刀子捅我的心啊
不然，为什么一想起你们
我的心口隐隐作疼。就像一个游子
常怀一颗愧对祖国的赤诚

中秋月：赶路的灯

中秋的明月啊，赶路的灯
为何照不亮我思念的心
踏平山川，寻遍故土，终不见
我的父亲和母亲。没有
你们的手机号码，也无处查询你们的
电子邮箱，更联系不上
你们的 QQ 。多少次啊
梦里相见，也仅仅只是
恍恍惚惚的几秒钟，或者几分钟

圆圆的中秋，圆圆的月
难圆的是我思念的心。父亲母亲啊
我的手机号已挂在网上
应接不暇的手机，仍然没有
你们隔世的声音

清明：给父亲母亲发个短信

父亲母亲，给你们发个短信吧
这些年来，我一次次叩问
遍布山岗的小道和田埂，一次次
追询集体主义观念很强的小草
和自由散漫的树木，以及
忽东忽西、走南闯北的山风，可总是
没有你们的消息。就是从揪着心
日益陌生的生活逃逸出来，还是
打听不到你们的通讯地址，而更加
茫然的是，不管你们是联袂而来
抑或单线与我联系，走出
清清楚楚的梦境，仍无处寻觅
当年你们转身时留下的年号。我的手机
每一次按下一九九三或二〇〇八
不是嘟嘟嘟的忙音，就是不在服务区

又是清明，父亲母亲呵
我给二老发个问候的短信

生死拔河

辛卯年冬月初一，母亲
深陷血光之灾！为了拯救母亲
我坐镇胎盘，握紧我的脐带，与阎王
展开一场生死拔河！我分明看见
阎王和一群张牙舞爪的小鬼，幸灾乐祸
望着母亲和我狞笑

十月孕育，挣扎在命中的生死线
眼看母亲的希望和幸福，就要在黎明
临盆，阎王却赶来索命。魔爪
已抓住脐带的另一端了，可是
我还没有足够的力量抗衡。我仍竭尽心力
亮起我第一声号啼
把母亲从死神手中拉回

今天，是我今生今世
第六十三次生日祭：我与母亲
又一次在生死线上，经历生离死别
和撕心裂肺

年夜饭：父亲母亲请上坐

父亲母亲请上席就坐
一杯薄酒：阴阳两地就撤除了警戒线
虽然您们从未离开我一国两制的心间，此刻
亲情更是春光灿烂

父亲母亲呵
我知道，您们正搀扶着
您们的父母，和您们父母的父母
依次入座。人生一世
带不走房屋，带不走粮食和财物
您们唯一拥有的，就是
我想您们念您们的
一颗两个世界来去自如的心

你们一生堆着码着的沧桑，只是
儿女们逢年过节奉上的纸钱和青香

西厢情歌
Xixiang Qingge
第二辑

前世之约

前世约定红豆树下
今生必定践诺！我知道
你一定会来
清溪哼着小调在山里走了千年
风中岩石的骨质早已酥软
在这高高的山巅，我已站成
一身沧桑的红豆树，终于听见
你的足音，从低音阶响起
在高音阶悠扬

风吹向左，你的衣衫
向左飘；风右吹
你的裙裾向右飞扬
大风前后左右变换姿势
你的目光始终迎着我的眼睛

你一定要来

你一定要来：这是前世的诺言
百年前的那个黄昏，紧握的手
风没有吹散，雨没有淋散
那绕指不散的柔，至今
还盘踞我的心头

你一定要来！你一定要来啊
那沙棘花，那胡杨，那薰衣草，年年
把戈壁滩的春天
裱褙成一幅蜂飞蝶舞的插图。你不来
深院墙角的那树梅，把自己
百年不改的初衷，独自打开
只是暗香空流

现在，我在伊犁河谷
袒呈百年未曾示人的酥胸：这是一片
辽阔无垠的紫色花海啊
我薰衣草一样的痴情，汹涌澎湃
你一定要来，你一定要来啊
翘首塞外江南，我依然是你的
伊帕尔汗

你是我的终身房奴

我的心，是你一生一世
免费居住的别墅。我要你
夜夜为我打扫满屋的月光

我的房子建在方寸之地
室内整洁，窗明几净，还有几分
远古的清新。每天晚上
我打开所有的门窗，把月光
撒满一地，然后
看你一点一点清扫：首先
要反复擦拭心的四壁；门窗
不能有半点光影；心的地板
更要认真清理。你就是
清空了所有房间，我还会
把月光重新撒满一地
让你从头再来，一遍一遍
直到晨曦用传世的光波
迷糊了我的眼睛

你是我永不特赦的房奴
为我尘世的心
终身保洁

就这样

噢——乖，就这样，就这样
《女儿经》你读不读无关紧要，关键是
你的头往这儿，就这儿
轻轻一靠。你看
原本阴云密布的天，现在艳阳高照
原本雪花飘飘的世界，现在
春意盎然。且不说
这一靠乾坤大，至少你这一生
有了依靠。噢，就这样
就这样，轻轻地，静静地
什么也不说。闭上你的秀目
睡吧，睡吧，左肩是你的
右肩也为你留着。真的
你比江山重要，你比江山
多娇

我们去深山盖一座房子

老了的时候
我们去深山盖一座房子
麦秸铺顶，茅草夹壁
屋后一畦菜地，庭院果树
几枝；门前一溪碧水迤逦
再劈一条羊肠小道，作为
山里山外的通衢

老了的时候
我们去深山盖一座房子
卧室安放夕阳下的爱情
西厢房的月光
我们想什么时候，就什么时候
去那里重温。清晨
与山地车双双去到山外，驮回
骑行队的信息和城市的花絮；抑或
一杯清茶闲坐
等待路过或者专程而至的朋友
轻推柴扉。古稀不提晚秋
耄耋不说岁月，待到
期颐的时候，拐杖搀扶拐杖
竹下相依，执手望月
当空漫数星辰

我只想和你静静地坐着

我只想
和你静静地坐着。静静
坐着，什么也不说：不说天
不谈地；不说风吹
不谈阳光和煦；不说前世缘
不谈来生事……坐着
静静地坐着：看晨光
慢慢为你剪出好看的轮廓；看霞光
在你脸上写生，调配的色彩
层次分明而生动；看阳光
对着你不停地调整焦距
你水灵的双颊，纤柔的左手和右手，以及
水蛇的腰肢，都是
我专注的特写镜头；直到
月光再把你还原成一幅
惟妙惟肖的剪纸画。就这样
静静地坐着，相看两不厌
只有你和我

想你的时候，你就是一只白狐

想你的时候，你就是一只白狐
夜夜来我的书房幽会，或者
直接进入我的诗中。你说夜有多黑
我相信夜有多黑；说月有多白
我相信月有多白；说聊斋里
有鬼，我相信蒲松龄是一个鬼精
但我更相信
你就是一个女鬼，夜夜
相伴我的左右：时而玉手轻舒
款款起舞；时而柳腰半转
蛇一样在我身边缠绵
你翘首弄姿，我左掌拍击右掌
或右掌拍击左掌；你回眸微嗔，我的魂魄
就颠过来倒过去；你说琴棋书画
我说诗词歌赋；你说杨柳依依
我说晓风残月；你曼呼一声官人
我轻唤一声娘子；你兰花指云鬓妩媚
我猿臂环绕你的细腰肢

想你的时候，沙漠清泉涌流
戈壁绿洲茂盛。我的心
嫩芽拱动

你的名字不小心跑出了我的身体

一如和尚念经，在心底
默诵你的名字，是我每天必然的修行
默默地吟诵呵，这么多年的光阴
就像过隙白驹。今天
一不小心我竟喊出了声：满天阴霾
瞬间阳光灿烂；我的快乐
在绿草地翻过来，又翻过去
我的心情在柳梢，一会儿高
一会儿低；每一个人脸上，春天的旗帜
鲜艳靓丽；每一辆自行车辐条上
闪着银亮的光泽；两旁的行道树
和蔼可亲。今天啊
我心空辽阔的阳光下，你的名字
不小心跑出了我的身体

我已经触摸到你的红盖头

你在我的脑海，悠然一叶扁舟
我的思念，情不自禁扬起惬意的风帆
说这话的时候，恰似
舒缓地吮吸着菊花茶，淡淡的花香
和冰糖的甜，漾起一圈一圈心涟
娥眉、妩鼻、秀口
竞相风情万种；最要命的是
你那双纤手
在我心上一下一下轻抚，每抚一下
心都颤动不止。颤动的心
酥酥的、痒痒的（像一只幼蚁，在心尖尖上
柔柔地蠕动）就好像
四目在结婚证书闪光；就好像
主婚人点燃我心中神圣的红烛
就好像啊，颤颤的指尖
已经触摸到你的红盖头

我在家乡喊你，你在我心中答应

我在家乡喊你
你在我心中答应。去年春天
是这样，今秋还是

前世的山盟海誓
今生我寻遍天涯，也没找到
那份白纸黑字的约定。我喊你的时候
村外草绿，村里花香
牛儿甩尾，羊羔咩咩叫
它们相伴走向山岗

喊你。喊你
一声，树把身子舞翠

喊你一声，草又披上黄色衣衫
再喊你时，稻谷受孕
还喊你时，麦子在山地兑换黄金
不喊你吧，大地开一身雪花
茫茫雪地中央一株相思树
在辽阔无垠的信笺上
独自书写惆怅
该不该喊你，我不知道
我只知道：喊你时
天空高悬一盏红灯笼；不喊你
天空挂满泪滴。我在家乡喊你
你在我心中答应

我把你的名字种遍梦乡

每晚，我都默默吟诵
你的名字，吟着吟着
就把你的名字种遍了梦乡
你的名字依然亭亭玉立
曾经苦囚两地的相思
繁衍出一座红豆林，每一棵红豆树上
都结满幸福的名词，或动词
夜风轻轻吹，一支卿卿我我的谣曲
回旋在心的演艺大厅

红豆七夕节，两颗心
合奏一曲幸福的旋律

昨夜西窗轻响

昨夜，西窗有一下无一下轻响
一定是你又来拨动我心中那根独弦

推窗，夜色投怀送抱
风儿与树叶在窗外私聊

怆然，瞬间镇定如常
我的心再度陷入重围

执手相望的臆想
在心底曲径通幽

还是那年的情景
无语苍天泪拥别

直到浓浓的夜色
抹尽你的身影……

想你的那一刻
陌路也是亲人

今夜，老地方只有我一人

今夜的老地方，依旧暧昧
今夜我独拥月色

你仍在我脑海痴痴地笑
你仍在我脑海嘟着小嘴
那株影影绰绰的小树
是不是你在翘首弄姿

夜风轻脚轻手从我身边走过
不知是好奇，抑或
也有偷窥之癖，又轻脚轻手
走了回来。潜伏草丛的蟋蟀
反复提示：今夜老地方只有我一人

我想把心事还给你
却不见那双纤柔的手
我想你把我的心还给我
又不见你点头或摇首
左，我寻不出心绪的头
右，我觅不到心绪的尾

今夜的老地方依旧暧昧
我抱紧一轮明月

我的心：高一百六十四厘米，宽四十厘米

我的心
装不下门前歌唱的清溪，装不下
屋后那道侧卧的山梁，甚至
村口小小的鱼塘。我的心
只有一百六十四厘米高，四十厘米宽，刚好
装下你。装下了你
就装下了我春梦发芽的相思。我的日月
就会按照四季秩序，一步步
向幸福挺进。抵达了幸福，就抵达了
七夕节，就抵达了
红豆树下的花园

我们就是一对辛勤的园丁了
松土、锄草、施肥、修枝
打机井、安喷灌、深挖沟、广修渠
草坪青翠，树木繁茂
三百六十五天为花儿选美。一座花园
与我们的幸福生活血脉相连

花园里的爱：百花开出艳阳天

你的脸庞是我思念的停机场

我思念的直升飞机
从心底起飞，飞过
我身体的河流山川，飞越
我日思夜念的万顷波涛
降落在你的脸庞，你的脸庞
是我思念的停机场。卸下
晨霜的泪滴，卸下夜雾的失眠
卸下我车载船装的相思，卸下
我的乾坤，卸下我的江山。我要
把我情感孕育的一粒红豆
名正言顺地种植你的心田，让我们的爱
在红豆里
瓜熟蒂落，或者硕果累累

我好像面临一次心脏手术

你持续不退的高烧
烧毁了我一生的镇定和自如
我再无法风流倜傥
只得焦心如焚地守候
你的憔悴；病魔张狂的气焰
如暴阳炙烤沙漠中的一棵小草
我的心田
在你的高烧中
龟裂如一张破旧的渔网
你高烧未退，我已病入膏肓

你无奈的神情，似锋利的柳叶刀
在我的心脏
恣意妄为

明晨我们还去听鸟鸣

明晨
我们去屋后那片红豆林
听百鸟啼鸣。鸟鸣声中
山青秀，溪水灵
大自然的天籁之音，百喙传诵：鸟鸣的
曙光，亮在我俩的心上；鸟鸣的月光
弥漫我俩的村庄。年年七夕
我俩种一棵红豆树，成林的岁月
靓丽红润

明晨
我们还去屋后那片红豆林
听百鸟啼鸣。鸟鸣声中
没有富家公子与豪门千金，没有
草鞋哥和布衣妹，鸟鸣声中
只有两颗心交融的情景

红豆树上的鸟鸣
花瓣盛开，露滴晶莹

听蟋蟀翻译我们的心声

把黄昏交给屋顶，把明月
交给柳梢，把红豆树
交给夜露。我们依偎在
屋后的山岗

把工作放在一边
把油盐柴米放在一边
把过往的人和事放在一边
把江湖的恩怨情仇放在一边
七夕，我们就这样相拥着
坐在红豆树下
一心一意聆听
蟋蟀翻译我们的心声
第一声清脆、水灵
我说是你心中发出的声波
第二声舒朗、急促
你说是我心跳的频率
一声缓，一声疾
一声轻盈，一声雄浑
我们的心事被蟋蟀翻译

一声鸟鸣可以这样抵达我俩的爱情

这个早晨，我俩静静地坐在
春天小小的山岗上，就是坐在
我俩爱情的中央。李花留下
一个匆匆的背影，却唤来桃花
杏花和梨花，合力抬着一个爱的季节
肆无忌惮地纵横

一只鸟儿，穿过春天的薄雾
越过插旗山的肩膀，绕着玉皇观那片茂林
飞翔，忽然就把一声婉转的啼鸣
径直放在了我俩的心上

这个春天就这样抵达了我俩的爱情

你是我捧在掌心的蒲公英

你是我捧在掌心的蒲公英
我用心的玻璃罩，紧紧地罩着你，我还是
屏气敛息，不敢大声说话
也不敢随意呼吸；更害怕
风的鼓吹，你会随风漂泊天涯

从此，尘埃里
就有了我肉身一样沉重的相思

你说做一片洁净的叶真好

你说你那里，黄金梦风生水起；喧嚣
争强好胜；空气浮躁的脾气日益暴戾
那里的雨水，暗中与炭粒、酸雾、硫化氢一众流寇
串通一气；尘埃、细菌为虎作伥的散兵游勇
更是明目张胆地纠集成集团军
那里的土地，膨胀着金子的心和身体
早已忘了卑微的出身

你说做一片洁净的叶真好：一生
只吸纳土壤中的水和肥，连呼吸
也遵循大自然的教诲。你说
你要与我叶片拥着叶片
风风雨雨一生洁净。从今往后
任黄金的事自己风起云涌
我自绿意荡漾、波澜壮阔

爱情，让我做了自己命运的匪首

当我遭遇爱情
最初的焦渴和惶恐，瞬间
化为情感暴动！一如我灵魂深处的特遣队
从心尖尖出发，迅疾抵达我的中枢神经，然后
五脏六腑。所向披靡的战略战术
我的双手已表达清楚

（当我这样遭遇爱情，就劫持了
内心的人质，用我傲视群雄的激情
绑架你天下无双的坚贞。我陈旧的老身体
毅然做了自己命运的匪首）

这样的战役
以迅雷不及掩耳之势扩张。顷刻之间
你胸襟的纽扣全线崩溃，你的裙裾
已然是一面迎风而动的白旗

（历尽你的河流山川　晴空万里都是我的心情）

我是你终身的侵略者

我自幼钟情两颗健身球
先把太阳抛向山岗
再把月亮扔下深沟
我刻苦训练，只为今天向你发起总攻

（伫立你亭亭玉立的高地前
凝望你青春的旗帜迎风飞扬）

心的总部一声令下
我首先以一组情诗狂轰滥炸
我能征善战，你顽强的意志
节节败退！接着又突破了
你用羞涩加固的防线
这首诗完成的时候
我已攻占你青春的花园

你不来，春天只是一枚枯叶

你不来，世界一片荒芜
你不来，春天就是寒风中
一枚枯叶，叶脉萎缩
霉斑纵横。百花也是发黑的菌干
春阳，从早到晚一个人黯然

你不来，绕梁的仙乐
是一根黄昏的断弦，所谓日子
就是一张破败的老唱片
所谓美酒，烈日下一摊凝滞的马尿
花前月下，更是独自伤怀

你是我的……

你是我心灵的露珠
让我在晶莹剔透的折射中
看见世界的水灵和妩媚
看见我的心
澄澈而质朴

你是我岁月深处，夕光
返回旭日时释然的惬意，在我全身
动脉血管奔涌，让我六百三十一块肌肉
返老还童

你是我命里的红豆树，一生一世的
相思。就像我命定的墓碑
矗立在我身后苍茫辽阔的旷野
让我们的子孙后代和世人
潜心阅读，我和你的
美丽传说

我是你不可改朝换代的大帝

这一粒沙是我的
这座山也是我的，这棵草
是我的，这草原也是我的
门前这棵红豆树是我的
这红豆林也是我的
这水塘是我的，江河湖海也是我的
这地是我的，地球也是我的
这天是我的，天下也是我的
你的人是我的
你的心更是我的

你的哭是我的，你的笑是我的
你的行走是我的行走
你的忧伤是我的忧伤
你一生的幸福是我终身的朝政

我是你不可改朝换代的大帝
你是我不可移天易日的爱妃

这是无法改变的

你进入我的心宫就再也没有出来
正如同你小巧玲珑的心房
只容得下我一人长居

每一种事物每一个人
都有自己无法回避的宿命
否则，人生路上
我们就是两个擦肩而过的单词
无缘为爱情造句。今生今世
我走进你的命中，你走进
我的心里

滚滚红尘，铁打的江山
朝夕都在忙着更名，只有
我俩的爱情，千年也如同新生

我是你的张生

伫足西厢，隔窗一声轻唤
你薄衫披肩，蹑足步出闺房
相见恨晚的热拥，即刻融入
漫漫月光。你怦怦激荡的心跳
撞响我的胸腔。你纤手微凉
我血压升高

鸡鸣一声，又一声，晓月
忙着与黎明交接，却怎么也解不开
我环拥你的双臂，你依然
在我的怀中瘫软如泥
鬓发缭耳，耳语沁心
两情虽是久长时，朝朝暮暮
依旧寸金难买的光阴。前世未婚
来世无姻。我俩注定的情缘
在今生

西厢月

西厢月很浪漫，还有一点前朝韵味
想当初的样子，无数少男少女
魂不守舍。那时的王实甫
风流倜傥，耗尽一生心血
在西厢房，安排生死相恋的情节
西厢月从此在民间流行
重楼深闺锁不住一腔春色
草野民女也学月下私奔

当西厢月在我诗中升起
我就是你的张生
元明清就不说了，民国也不提
直接就在今天晚上，就着月光
轻轻唤一声：莺莺
婀娜的身姿，当然莲步轻移
没有长亭短亭，也无所谓
执手话别。一生荣华散尽
只有今晚月下拥吻

不要这样

不要这样看我
你明眸忽闪忽闪，我全身酥软：飞身投篮
会忽然定格在那一瞬间；百米终点
冲刺的健腿，会忽然滞足不前
自行车上坡，划圆的双脚
会忽然终止运转；侃侃而谈
会顿失祖传的语言

不要这样
不要这样忽闪。真的
我一生的活力，全都来自
你明眸的忽闪。你忽闪忽闪的明眸
是我今生今世
全部的精彩

我一生都在你的芳心骑行

穿上骑行服，戴上头盔
骑上自行车，我就是你的英雄
快如奔马，抑或慢如蜗牛
都在你目光的跑道上驰骋

春风吹过，赤橙黄绿青蓝紫
夏阳高悬，油盐柴米酱醋茶
还有秋冬的多愁善感，和喜怒哀乐
全都在两个轮轮的旋转中
一闪而过。纵然
两个轮轮旋转如飞，穷其一生
也骑不出你小小芳心

我从点滴中赶去看你

说好在老地方相会，此刻
我还在点滴中紧赶慢赶
一会儿把点滴走黄，一会儿
又把点滴走白。滴答滴答
是时间的足音，也是点滴的心律
一滴一滴，我在青霉素里蜗行
一滴一滴，又在氢溴酸高乌甲素
步履如飞

还有五百毫升的水要输，赴约的时间
决不能“水”！一毫升大约两百滴
一滴一步，连秒针也心急如焚
我要三步并着两步，两步合为一步
一定要赶在赴约时间
到达指定位置

其实，我是在赶着穿越冬季的西风
追寻心中的春

我从雨中去看你

我从雨中去看你，大雨
冲洗我内心的乌云和瘴气
时光在我身上布满了
难以启齿的名词和动词
生锈的思想和意识下
我气喘吁吁

我从雨中去看你，雨的天使
要替你为我洗尘。洗去
一个花甲的雾锁烟迷，洗去
我心中的落叶和枯枝，直到
祖先传世的信念
柳暗花明

畅　饮

我一生痴迷
你那一对酒窝。那年邂逅的一瞬
你绽放的两朵浅笑，我就认定
是我今生今世，畅饮
人生甘露的夜光杯。你明眸的清波
醉了我一年三百六十五天的光阴。这一醉呀
就是六十三年。六十三年的沉醉
醉成一个风华绝代的酒圣。饮尽
你双颊盈盈的百年佳酿
让我余下的三十七年
一醉不醒

落日是你的一枚耳坠

傍晚的林荫道，你的絮语
是我暮秋的镇静剂。人生路上
两个相互陪伴的岁月之子
奋力举起旭日，两颗心
汹涌着热血澎湃的激情
爱就爱个春风风人
恨就恨个雪花飘飞
我们一生顶礼膜拜的太阳
慢慢滑向路的尽头时
正好悬在你的耳垂

爱的激情只能止于墓碑

爱情的脚步，一步步
把北山健身步道踩低
又一步步把血压抬高。爱的火焰
在心底越烧越旺
烧得很多臆念，蒸发成一滴滴汗珠
在额头练习赛跑，烧得一腔热血
一泻千里地咆哮

善解人意的秋风
为我们宽衣解带。风儿
触及肌肤的瞬间，明显感到
两个发烧体，早已烧得
战栗不止

你问我能爱你多久
我说我不知道，我只知道
爱的激情
只能止于我的墓碑

我的心房日里夜里流着蜜

你用目光勾去
我的三魂七魄，还勾去了
我储存多年的忧郁
眼里乌云散尽，逃之夭夭
是与生俱来的苦闷。从此
我的心房日里夜里流着蜜
雨丝是蜜，阳光是蜜
月光蜜涌夕晖和晨晖；公交车上
我的心流着蜜；火车上、飞机上
我的心流着蜜；骑上
心爱的自行车，蜜漫心堤
黄桷兰、栀子花、桂花流着蜜
黄葛树、天竺桂、香樟流着蜜
蝴蝶兰、矢车菊、玫瑰流着蜜
天地间的树木和小草啊，流着蜜
河流和湖泊蜜波粼粼
大海蜜浪滚滚。莺莺啊
今生今世，我要
蜜死你

我们吟诵两个叫陶醉的汉字

八月的傍晚
新谷带着体温和汗香，早已进仓
我和你
撑起村头黄葛树的巨伞
虔诚而十分细致地
把月亮洒在树下的碎银
一一收藏

晚风不疾不缓的按摩手法
让人心旷神怡。我的左手
携着你的右手，仿佛
在月色中徐徐飞翔

一边飘飞一边默默地吟诵
两个叫陶醉的汉字
古老而神秘的甜蜜氛围
在二十一世纪的乡村
有了一次难得的重温

这叫不叫一见钟情

我敢肯定
我们曾经相遇——但却不知
什么地方，什么时辰
是某个早上，抑或某个黄昏
你将一对铁钩，巧妙地隐藏目光中
我的心，大意失荆州

我们曾经相遇，也许海角
也许天涯，最大的可能
是在前世！但又千真万确
今天是第一次相会。第一次啊
你就颠覆了我一生的乾坤

从此，我不允许太阳匆匆而去
更不允许月亮独自溜进山沟
我要所有悬挂的星星，把红烛点亮
照耀蓝天绿地之间
两颗相拥的心

今夜明媚的月亮真像你

月亮想拥有你的明媚，今夜
把自己的脸圆了又圆，衬得天空
深邃而神秘
虽然月亮明媚得让人心动
却无法拥有
你水灵般轻轻鸣叫的面容
更无你灵魂白雪一样晶莹的圣洁

月亮明媚了我的眼睛
你把明媚铭刻在我的心扉

今天蜂房安在我的心窝

风儿说你今天要来
鸟儿说你今天要来
我就与晨露一起痴痴等待

上次说再见
你走出好远了，我还是
没有解开打成情结的视线
直到纠缠的目光，擦掉
地平线上那个小小的逗号

风儿说你今天要来
鸟儿说你今天要来
我就知道今天是个艳阳天

晨风徐徐，鸟啼啾啾
满天彤云都是喜庆的色彩

每一个行人都满面笑容
每一辆汽车都满载春风
每辆自行车的两个轮轮
都旋转着欢快的旋律
见树树点头
遇花花妩媚

我今天的心窝窝
就是流蜜的蜂房

你只在我一个人心中妩媚

你是款步高天的明月
我是你身边的云彩
你一步一婀娜，我一步一回首
我要用我回头的热吻
遮掩你的光辉

一会儿东风吹我
一会儿西风吹你
我一会儿前，一会儿后
你是否知道我的良苦用心
我要你的天生丽质
只在我一个人心中妩媚

我替你守候黎明

你不来
黑夜就是一根橡皮筋
自己把自己拉长了又拉长，一如
严冬盼夏阳，一分一秒
熬着时光

你不来
我就替黑夜守候黎明。夜
由淡变浓，直到浓如
化不开的墨锭；整个世界
都黑了，我就是一截
黑暗中弥久愈坚的老墨，直想把自己
在夜的砚台磨成一池墨香
在黎明的宣纸上，书写
心中曙光

我替黑夜守候黎明
就是守候你的光临

我们的爱隔着一层纸

错过的不是命，守住的不是情
两颗心之间仅仅隔着一层纸
一捅即破，只不过
纸上的律令是我们心上的一片云影

我们的思念
也隔着一层纸。我在纸的这面
你在纸的那面，我们读着的
却是相同的命运：把朝阳念成夕晖
把月光读成曙光，满纸条文
竟是我们共同的病根

已经走过半生了，我们
还在这张纸上踟蹰
迈出一小步吧，就是我们爱的天空
相爱的心
就是两只自由翱翔的鸟儿

久雨初晴，我们骑车去

阴奉阳违的老天，今天
却笑逐颜开。雨，连续三天
心潮澎湃。

雨，说停就停了
莺莺，我们骑车去，晾晒一下
我们振翅高空的翅膀
放飞一下久雨初晴的心情

户外空气像一杯爽心润肺的明前茶
翠绿而清香。四个自行车轮子
仿佛脱缰的骏马
在龙棠路的欢乐中驰骋

今夜影子只是我俩的替身

今夜月色朦胧，我却无端想起
李白那晚独饮：明月举杯
饮出三人的心情

今夜月色朦胧，我比李白幸运
翻了一番的影子
暧昧至极
更是十分亲密

我俩的影子
虽是模仿秀高手
却无法模仿我俩的激情
也无法模仿，我俩心照不宣的秘语
更无法模仿
我俩内心辽阔的幸福

我来永济看你

放下我的前程，放下
荣誉的光环，或心中的浊物
净身前来永济相会
伫立梨花院，敲与不敲
门窗都已洞开。不知相国夫人
是否还要念一段老章？一个现代诗人
仍须背诵一遍文言文？难道
还要待月西厢？等待
红娘传递讯息

勿须树影摇曳，勿须花影移
你抬眼的瞬间，我心里
划过一道闪电

K73 次列车已经出发

K73 次列车已从重庆出发。我的故乡
连同故乡的树木和花草
连同故乡的朋友和亲人
好像同时接到命令
集体从我的眼里向后撤退

闲荡了几分钟的绒雨柔风
却是浇在心上的助燃剂
堆满心中的思念
就像一屋的柴火，顿时
烈火中烧！我的心
一秒钟就完成了列车一天的行程

（你的故乡，我的故乡
从此都扎根我的心上）

这样的思念，对一个
一生都在行走的男人，算不算
一次思想越轨？如果是
只有我们的爱
可以宽恕
这样的犯罪

你总是把我心空的乌云清零

曾经堆积
我心里的黄金和白银，以及
生活中过多的垃圾，被你一一清零
被清零的还有
前世的宿怨和今生的情仇
甚至赖狗和仇人
甚至萧瑟，甚至落叶

现在，你又清零了
我心中招摇过市的美眉，或者
那人儿刻意亮出的风情

我的心空清清爽爽，我的心里
只有你的妩媚
你冰清玉洁的灵魂

爱的旗帜永远飘扬

打开我们的一生，就打开了
我们鲜艳夺目的爱情。就好像
打开了春天的百花园——
红的玫瑰，紫的蝴蝶兰
赤橙黄绿青蓝紫
花儿们争奇斗艳。就好像啊
我们的小日子春意盎然。其实
爱情是我们一生的灵魂
更是我们人生的主帅
爱情坐镇中军帐，三百六十五天
我们征战春秋，扫荡冬夏
一路所向披靡。爱情
指向哪里，爱的旗帜
就飘扬到哪里，哪里就是
我们人生的高地

坐在河边看月亮

我把手，存放
你小小乳房，让风儿轻轻吹
我滚烫的胸膛。蛙鼓
和着心跳，一声悠扬，一声激昂
夜空无云，月亮落荒而逃

蟋蟀试着调试音量；草叶
微微扭动细腰；河水不声不响
缓缓移动银光。回家的路
草正疯狂

我们坐在夜幕下的望城坡

不知何时
银河系移民大足川，满天星星
落户棠城的大街小巷
一如初春的海棠花
让一座城市辉煌
而馨香

我们坐在夜幕下的望城坡
就是合二为一的牛郎织女星
相拥在银河系的边上，仿若
午夜 12 点的时针和分针

你总担心长胖

学楚王好细腰
你常“以一饭为节”。其实
健康才是幸福吉祥：胖
不管，瘦
不管。胖瘦
都是自己的命相

你常与镜子对话：闺镜
是否悄悄积蓄脂肪！我说
胖是你，瘦还是你
胖是我的贵妃
瘦是我的飞燕

月光下的龙水湖正好沐浴

趁着酒意血压升高
趁着想你心里烈火中烧
月光下的龙水湖正好洗澡

夜风吹来水摇晃
那一定是你水下与我捉迷藏
远处水禽一声咕咕
那一定是你发出的暗号

世上仙女成群，我独钟情你这个妖精
你妖术高超，你毛眼眼忽闪忽闪
我心中欲火越燃越旺

我要终止你马尾的挑衅

你脑后的马尾，一忽儿
甩向左，一忽儿甩向右
一忽儿甩向右，一忽儿又甩向左
不停甩动的马尾，把我的心
不停地抛向空中，又摔回地面
摔回地上，又抛向空中

你脑后的马尾，一忽儿
甩向左，一忽儿甩向右
一忽儿甩向右，一忽儿又甩向左
不停甩动的马尾，仿佛
一把质地绵柔的拂尘，轻轻地
在我心上拂过来，又拂过去
那麻酥酥的痒，让我的血压
飙升了又飙升。我的身体
就是一座烈焰腾空的火药库

你脑后的马尾，一忽儿
甩向左，一忽儿甩向右
一忽儿甩向右，一忽儿又甩向左
看你不停甩动的马尾，一个念头蹦出胸口
只要你再这么一甩，我定要
把你葬在我的心坎

月亮之下

月亮之上，适合安放
一个人的梦想。月亮之下
才是我的芦柴生涯，我要每个月夜
再朦胧一些，我要你好看的五官
一如雾中的牡丹，让我心急，让我心慌
让我的心儿，没来由地七上八下

月亮之下，有我的草堂。我犁田打耙
栽秧挞谷，抑或下地摘棉花
月亮之下，有你的归宿你的家
为我烧茶煮饭，养儿育女
精打细算勤俭持家

月亮之下
你是我的观音，我是你的菩萨

你是我涅槃的小呀小朱雀

你是我涅槃的小呀小朱雀
我把你圈养在我心的楼阁
你凰音婉转悠扬
我心里鸟语花香

你是我涅槃的小呀小朱雀
我把你圈养在我心的楼阁
你凰翅轻舒
我凤心湛蓝而宽广

你是我涅槃的小呀小朱雀
我把你圈养在我心的楼阁
晨露清风
凤与凰扶摇直上

你是我涅槃的小呀小朱雀
我把你圈养在我心的楼阁
我风度翩翩的心
跳动在你仪态万方的小小胸膛

你要走的路走呀走不完

你从我的思念中来。走过了
季节的翠绿和枯黄，走过了
河流的丰盈和瘦小，踩灭了
暴阳，踏薄了冷霜
你仍在我的时光里脚步匆忙。有时
你把我的心走成辽阔的绿，有时
又把我的心走成浩瀚的苍茫
走成明朗是你，走成雾霾满天
还是你。至今我也说不清楚
——这是我的错误，还是你的功劳

你是小舟，我的心是海

你是小舟，我的心是海
你满载我一生的欢乐
高扬生命之歌的风帆

你的微笑，荡起我一圈圈心涟
酥心的感觉漫上蓝天。我所有血管
都是运载幸福的快车道
让你每一个眼波的柔情
在我全身循环

你是小舟，我的心是海
我坏脾气的海啸，在你好心情的天气
风平浪静，或者
丽日高悬

天空很蓝

我刚写出一个叫莺莺的词
满纸都是凤啼凰鸣
一声女，一声男
爱情在我心里婉转

朝阳绘图，翠了满山满岭
层峦叠嶂，赤橙黄绿
走出书本的人春暖花开

天空很蓝，一座大海的颜色
生动了我的双眼。顿时
甜蜜的温馨，像一条神秘的小溪
在我心底浅唱低吟，拍击心堤的朵朵浪花
溅起缭绕的水雾，滋润
我的身心，仿佛夏日傍晚的夜露
跃上秧苗的禾尖

我在夜的心脏点亮一盏灯

我想发一个短信
又怕措辞不当语意不清
我想打一个电话
又怕惊扰你的梦境

我向左翻个身，不经意
把夜拉到了三更
我向右翻个身，不小心
又把夜推向黎明

左不是右不是
我只好打开床头灯
本想借着灯光
在书中打坐，或高谈阔论
心中一蓬乱草又被风吹

我在夜的心脏点一盏灯
反倒不见了你的身影
茫茫灯光散失一地
万里心域豕突狼奔

掏心窝子说不完悄悄话

龙水湖的岛子，龙岗山的塔
大足是我俩的家
骑上心爱的自行车
龙棠路就是我俩的天涯

濑溪河的碧水，宝顶山的菩萨
我和妹妹青梅竹马
前世的姻缘今生的爱
掏心窝子说不完悄悄话

哥哥的自行车就爱追尾

圆溜溜溜溜两个轮子
呼啦啦啦啦转个不停
驮着妹妹向前飞
哥哥我的自行车就爱追尾

迎面春风吹来
哥哥我心中的甜
一阵阵散发着芳菲
哥哥我的心醉得无怨无悔

你来了我的心开成一朵牡丹

寒冬腊月大雪封山，你来了
我的心开成一朵牡丹
冰河解冻，万山红遍
喜悦的心情像鸽子飞上蓝天

一二三四五，你要上班
周末才是我俩的艳阳天
弯弯的月儿十五圆，你来了
我的心开成一朵牡丹

一日如三秋，整整
一个星期啊，你说是多少年

你来了我的心开成一朵牡丹
你来了，我要一秒一秒地爱
我要把你一头青丝，一厘米
一厘米，一根一根地
爱成白银满山

六十年一个甲子，百年一个轮回
我的心是一江春水
流入爱的海洋不会枯干

想到你要来，心花一瓣一瓣开

想到你要来，我把内心的焦渴
一点一点搬进眼里，再在脸上
码放些许。这一切布置停当
我就专心致志等待
你的到来

想到你要来，我把准备了一冬的思念
一瓣一瓣打开：让你看看
我的相思已经怀春。捂了
整整一个冬天，心尖尖开始发芽
春芽一样的心事青翠欲滴，思念
花蕾一样打开，心花怒放时
春天笑得花枝乱颤

一病不起

你都回头一笑了，为什么
还要从眼里
抛出一副绳索：为什么呀
捆住了我的双腿，还要牢牢拴住
我心的飞

就当我的眼睛高清聚焦吧
把你侧身回眸的一瞬
裱褙成终身难忘的心景

六十三度春秋的显影
靓照愈来愈清晰
六十三轮夏炙和冬冰
你回眸的眼神，更是一闪勾魂！

回望年华，一不留神
失足跌落相思谷底，竟然
一病不起

你呀你，说得我的心尖尖晃动不已

拧一下你的粉脸
你两只大眼睛瞪得溜圆
你说我真坏，是一个大坏蛋
你呀你，说得我的心尖尖晃动不已

在你一头秀发，翻找出
一根银丝，并轻轻拔掉
你说我真坏，把你弄得好疼
你呀你，说得我的心尖尖晃动不已

我悄悄捂紧你的双眼
你在我怀里一个劲扭着麻花
你说我真坏，弄得你心里打鼓点
你呀你，说得我的心尖尖晃动不已

我在你腋下挠痒痒
你学泥鳅扭来扭去
你说我真坏，让你笑得喘不上气来
你呀你，说得我的心尖尖晃动不已

散步时，我把你逼到路边
列车上，我把你挤在车厢壁
你说我真坏，专门欺负你
你呀你，说得我的心尖尖晃动不已

我们是巡游的皇帝和爱妃

天高到地上，地远到天边
星空下我们搭起小帐房
我就是你的天
你就是我的地
小虫子在帐房外组建乐队
远处狗吠三两声
满天的星星也前来听床

微风南来，树叶跑来跑去为我们鼓掌
我搂紧了你喃喃低语
亲爱的，你说我俩是不是
微服巡游的皇帝和爱妃

星星的脸上是我的眼睛

天空自己高，夜自己深
我把眼睛移植在星星脸上
千里之外的人儿
一举一动我都看得清
特别是，你倚窗举头
对准星星调整焦距

日子赶自己的路，岁月过自己的年
我在心里打着小算盘
你个小妖精，哪天变个法术
不是把我变到你身边
就是把你变到我眼前

这样的时光很惬意

骑上心爱的自行车，是不是
骑着你？你不作声
只有两个轮轮
旋转不停

停不下来的，是放飞的思绪
你我的天空里，两只蜻蜓
自由自在飞，这样的时光很惬意

天空把阳光
运送到四面八方。独有你
在我心里嬉笑怒骂
风生水起

你说你恨死我了

你恨我贼心不死
你恨我贼胆如鼠
面对你娇滴滴的俊俏样
恨我总是木讷不语

你说我憨憨憨憨就这么个憨
一朵牡丹娇艳欲滴
花瓣一层一层开
我就是一截木头的呆

你说我呆呆呆呆就这么个呆
一双明眸秋波闪闪
一波一波涌上我的心尖
恨我一坨石头没有心肝

这辈子，你恨死我了
恨死我不敢越雷池半步
恨死我千刀万剐也不解恨
恨死我了恨一万年还要恨

梅，请原谅我的木讷

这些年，懊恼一直把我的心
据为殖民地，任意践踏
铁蹄新迹叠旧痕
（草不生，春不发）

梅，自从那年
你身着霜的薄衫，婷婷
缭绕我的视线；我的心窗
却欲启还关
直到你捂了三百六十五天的心思
终于以花蕾的形式，一瓣一瓣
打开给我看

一年又一年，你独自在我心上
怒放，竟无一言半语
冲出我的心闸……梅，梅
请原谅我的木讷

借盏明月照耀梦中小路

借盏明月照耀梦中小路
天涯海角不会迷失方向。三更向前走
鸡鸣三遍还在路上行

如果你的日子阳光明媚
我的梦境艳阳高照；如果你的生活
落叶纷飞，我的梦雾锁烟迷

你好请从梦中来
不顺心也请从梦中来
梦中的我
是你前世今生的帝王

那年你把忧伤放在脸上
转身的我也内疚歉然
这么多年过去了，你的忧伤
更加明亮

借盏明月照耀梦中小路
我在梦你的路上脚步坦然

聆听花开的声音

望城坡上，月光专心漂洗万物
我双目微闭，耳中慢慢溢出
花蕾绽放的笑容

此刻，你借望城坡的石梯
弹奏一支轻快的旋律

那天你从这里离去

你远去的背影，搬空了我的心
仿若上帝搬迁了新地址，抑或
天使及宫殿，忽然
在大地消失

你远去的背影，枯萎了我的心
仿若一口清亮明净的水井
源头骤然枯竭，抑或
一株抽枝发芽的禾苗，炎炎烈日下
被连根拔起

你远去的背影，刷黑了我的心屏
仿若日头滑落海底
忽然
日全食

缠绵的月亮还拉着那晚的手

打开记忆的小窗，月色还在那晚彷徨
我俩依旧偎在柳荫深处。握着的手
像深山古藤越缠越紧，要说的话
大江汹涌。你说你父亲偷渡
刚刚越过阴阳界，母亲就归顺了一张病榻
你不能随我浪迹天下。我远行的脚步
已停不下餐风宿露的马达

从此，你固守你的半边天
我漂泊在我的天涯。只有
缠绵的月亮还拉着那晚的手

爱没有终点

天上蝴蝶喜双飞，湖上鸳鸯好拍拖
一声鸟鸣，我俩的郊外春意阑珊
一阵花香，熏风轻轻摇晃。我们宛若
两只低飞的蜻蜓
在醉人的芬芳里滑翔

太阳啊，不要走得那样慌张
我们还有那么长的爱需要丈量
我们从前世来，走过了酷暑和严寒
走过了阴阳界，在今生
没有终点的爱路上
尽情徜徉

携手白头，我们幸福一生

小草一秋，花朵一季
只要沐浴雨露阳光
就是幸福一生

牡丹华丽，野菊卑微
只要迎风仰起笑脸
就是幸福一生

暑里赶路，雨中兼程
只要心中春风荡漾
就是幸福一生

顺水航船，逆水行舟
只要扬帆万里潮头
就是幸福一生

坎坷同行，平川共进
只要我们携手白头
就是幸福一生

这样的日子叫我如何是好

你来，桃红李白
鸟语为鲜花押韵

你走，万物凋零
我心中千里戈壁

翘首明日天气预报
阳光铺地，抑或大雨冲天

这一天阳光明媚

每天清晨，第一件事
我风流倜傥的诗笔
虔诚地书写：“我爱你”
写一遍是一天，写一世是一生
爱的书法，挂满我心的收藏室
时光黑了又白，季节黄了又青
你却从不问津，更不来认领

直到有一天，我叩响你的小窗
轻轻说出三个字
我听见，你香闺的门
吱呀一声

我爱得百孔千疮

你在我心里开盐厂，熬出的盐
生活有滋有味，唯有海水一样的苦涩
我独自品尝

你在我心里采矿，丰产的金属
不知运往何方，而我的心
早已百孔千疮

你在我心里修一条阳光隧道
岁月的专列长驱直入
碾过我滴血的心脏

你在我心里大开发
一个个小区金碧辉煌，而生活垃圾
堆满我的心仓

我爱得百孔千疮

偶读初恋

打开我遍插荆棘的回忆录
通篇竟是锥心的刺丛

现实中偶遇初恋二字
一笔一画都是我当年的笔误

想起你我心头一酸

一九七六年，我清澈见底的明眸
竟是一双盲瞳：一城盛开的花朵
视为荒原！那年春天
爱情的标题错了位
晚风轻轻吹走了
门外一声长长的啜泣

四十年后，你把我的梦乡
踩得七零八落，我拾起昔日的碎片
捧着的却是我今天的愧疚。梦境外
我又丢失了你说话的内容

低头的瞬间，我看见你二十岁的俊俏
和甜美，在二〇一五年春天
清晰地显影出，岁月
在我脸上精雕细刻的杰作

隔着时光想你

那年，我一个心猿意马的手势
你的倩影成了断线的风筝

不是任何错误都可超度
春风吹过只能是酷暑

每一个夜晚都是一座庙宇
我夜夜在庙堂潜心打坐

各庙我都一一拜过
诸神却无一开口

一个春天一颗念珠
我已默默捻过四十颗

唯一让我心中有数的
是身后两行苍劲的行书

换一种方式爱你

白天，你守候远方的天空，夜晚
我们梦中牵手。错失今生
我并不后悔。你有你的日月
我有我的春秋

阳光忙着镀金
风霜坚定真爱之心
有爱的人，每一个三百六十五天
都是一瞬。一个守望就是一生

看不见热烈和热吻
看不见缠绵和相拥
没有海誓山盟的约束
没有柴米油盐的凡俗
一种温馨在我眼里荡漾
一种蜜
从心底弥漫全身

忘记你怎么就这么难

不想你不想你不想你！我发誓
不再想你！你是妖你是怪
盘踞在我心里秀发飘飘
你整我你坑我你害我日夜相思
你一笑一颦
我的心跳疾如一江春水
你一举手一投足
我一遍一遍放映就是一生

求求你
从此再不要潜入我的眼底
你反倒似通灵的猴精得道的蛇仙
钉子户一样钉在我的心尖

天空就这样翻了脸

想你的日子，天空：天天
给我翻脸。弄得我热情似火的思念
阴雨绵绵！由此
我误将憔悴二字当作一帖处方
把我人生的春天熬成了一剂
只有黄连没有当归的良药
却不能治愈我的相思

这样的病，害得我三百六十五天
病态百出：山间散步
每一座山岗都是巨大的坟茔
河边放逐心情，满河春水
竟是我胆汁破堤的汹涌
走在人群中，如云美眉
妖艳丑陋

玫瑰让我的心滴血
牡丹又引发我的美尼尔氏综合征
一阵心慌和恐惧
落荒而逃的我，一头跌进
云遮雾罩的生活

一弯孤月

一弯孤月，刚爬上柳梢
就看见河岸那一尊孤影

巡视大地的星星
未见走向河岸的人

从东走到西
风吹霜满地

走到天边回头望
河岸孤影，一步未移

翱翔时空的爱

我的城市以山为座右铭，具有
山的伟岸山的秉性
一座红岩村，令世界生辉
你的居所，清溪绕屋
绿柳白杨走街串巷地妩媚
吴侬软语
时时叩击我的心扉

两个不同省份之间，山峰和丘陵
首尾呼应；河流和丛林
翻山越岭。我的心
就是一只鹏程万里的苍鹰
奋力扇动双翅
我与你之间的时空
全是我延绵无尽的爱意

盛大的爱

盛大的爱，从弱冠之春
向花甲之秋透迤。穿越
时光的新娘，是我今生
唯一的风景。风
几度吹翻帝王，河
几度断了肝肠，新娘
还是当年俏丽。虽然
岁月的雕刻技术早已炉火纯青
积蓄的碎银也堆满了我俩的头顶

朝朝复暮暮，盛大的爱
一路温馨

你看我的眼神让我心醉

我喜欢你
看我的眼神，特别是
喝茶聊天、小斗地主
你不经意的那一眼忽闪
我身心舒坦。（仿若我背心瘙痒
你纤手轻挠，越挠越痒
越挠越心甜。）互视的微妙
加速我的心跳。骑行时
你闪我一眼，两个轮子
就是爱的轻轨，崇山峻岭一马平川
纵然烈日腾焰，你一个眼神
恰似春风送爽，一如夏日冰淇淋

你的眼神
夜夜伴我：沉醉西厢

我总是错过黄金睡眠

一个叫爱情的词，总是
在我心里生动很多故事
让我爱上了这个世界
爱上了这个世界的一座城市
一座叫大足的城，住着
我心爱的人儿，她总是教我练习造句
一会儿“春暖花开”，一会儿
“雪花飘飞”，或者
干脆教我反复默写
“一夜风雨声，睁眼到天明”

我把你安置在心窗一隅

你是否看见
我内心小小的风暴
几十个春秋浸润的情怀，是否能够
慰藉你当年那颗芳心

我用薄如蝉翼的思绪
轻轻拂去你日子的轻霜。其实
这只是我想象
尘世中你似有似无的春思

那年你闺心初放
我的双唇却是两扇
拒人千里的山门。优雅地一张一合
校花就在凉飕飕的唇雨中
一瓣一瓣凋零

你在我心尖尖上荡春风

荷花开了满世界艳
千姿百态开不进我的心间
只有你含苞欲放的娇羞
毛毛虫一样
在我夏季的心尖尖上荡春风

荷花开了又谢了
秋风吹了就凉了
只有你
一生一世在我心里
含苞欲放

我的视线是捆你的绳索

春风吹来木头也发芽
燕子衔泥只为一个家
妹妹你进入我的眼里
我的视线是捆你的绳索

上天的仙我不捆
地狱的鬼我不缚
只有你这个人间的妖精
捆牢了囚禁我的心窝窝

扫尽头顶白雪我还在翘首

大地的风衣
绿了又黄了
风吹大树
芽冒了又掉了
妹妹啊
你是否还在日历中行走

白素贞修行千年遇上许仙
九九八十一难玄奘功成名就
妹妹啊
扫尽头顶白雪我还在翘首

你若仍在履行呼吸系统的合约
就回一个短信吧
你若已经走出阳世的户口簿
就收回你的脚印吧

妹妹啊
扫尽头顶白雪我还在翘首

你在我心里出不来

比你家境殷实的，半壁江山
比你受看的，满眼睛钻
比你高贵的，多了去了
比你卑微的，遍及人寰
只有你
在我心里出不来

让月亮愧赧的，我不喜欢
让花朵汗颜的，我不上眼
西施气短三分的，我心若止水
貂蝉自惭形秽的，我头不点
只有你
让我心尖尖颤

心尖尖颤啊，你不搭理
日里夜里念着你
我的肠子想出了霉斑斑
抱一坨石头
去打天

你说我是天杀的

我许一个愿，封你一个疆
我发一个誓，捧你在天上

只有太阳不能给你
那是七十亿人的命根子
只有天上的雨水我不给你
那是人类的血液
你要星星吧，我给你摘
多一颗少一颗
也不关宇宙的痛痒
把鹊桥赐你吧
反正银河系里
也没有牛郎织女的亲戚

要不然
把我这七十公斤交给你
你终于开口
说你这个天杀的
万万年都天杀你

清晨，我们去郊外骑车

清晨，带上小佳人
郊外骑车去。让尘世的纷争
自己翻云覆雨；让趾高气扬的高楼
擅自陶醉，鲸吞大象的巨蟒
肆意吞食人民

每一片绿叶都是我们的亲人
每一株小草都是我们的知音
原野的阳光，平易近人
原野的风，和蔼可亲

自行车收购的山路
我们越来越满意，特别是
一路浩浩荡荡的负离子，就像
一支正义之师，肃清了空气中的坏分子
让我们的骑行
在灵魂的乱世，谱写一曲
爱情不朽的史诗

周末，找个地方安顿我们的心

安在草叶上那滴晨露里可不可以
我们的心圣洁、晶莹
世界水晶一样透明。抑或
安在龙水刀的刃口上
就能斩除社会胸闷的病根
就能痛劈国门外嚎叫的狼群

安在楼缝间那块草坪可不可以
也能拥有一点狭窄的清新
安在曲径通幽的深山吧
两耳不闻山外事
布衣也春风得意
在祖传的时光中
逍遥一生

最好安在骤然而至的大雨中
接受洗礼的灵魂
百毒不侵

约　会

所有路灯都睁大了眼睛，那条熟悉的街道
仍是初恋的一根琴弦，绷得笔直
而富有弹性。赴约的脚步
急促、微颤，就像一个个
抑制不住的下滑音

再一次写到约会，我的心就跳了出来
亢奋、慌张的样子，枯叶都以为又是春天

天空很蓝
Tiankong Henlan
第三辑

祖国，我是您衬衫的第二颗纽扣

祖国
我是您衬衫的第二颗纽扣
日夜听您心的涛声
涛声是一支出航的歌

从此远航都是二重奏——
惊涛骇浪是魅人的谜底
乘风破浪是生命不息
桅杆顶部的旭日诱惑不羁的灵魂

想象您的海平线
也许我不能航及
中途岛却不是我的宿营地
五星红旗始终沸腾我剽悍的血液

触冰不算什么
触礁不算什么
重要的是帆很丰满

照耀祖国的阳光

我看见的阳光，缄默而坚毅
岩石是我真实的眼睛

我看见的阳光，深蓝而宽广
大海是我真实的眼睛

我看见的阳光，挺拔而繁茂
大树是我真实的眼睛

我看见的阳光，鹅黄而顽强
幼苗是我真实的眼睛

我看见的阳光，甜美而快乐
劳动的号子欢畅而明丽

我看见的阳光，天真烂漫
上学的孩子，脸上写满灿烂

阳光，火一样热情，火一样温暖
冬阳下的老人十分安详、娴静

二十一世纪的阳光呵，照耀
光速一样行进的步履

祖国的阳光呵，祖国一样和谐
祖国一样富饶和强盛

我心的阳光呵，是照耀祖国的阳光
我心的颜色呵，就是太阳的光芒

我把心安放在海棠中央

我把心安放在海棠中央
这是一一二五年前，昌州府官张颜
为我预定的家园。我的家乡
是一枚海棠叶[2]，我要请
五万尊石佛，和满山满岭的
海棠见证：我从濑溪河源头
出发，无论东西南北
海棠，都是我安顿乡愁的
祖国

我把心安放在海棠中央，就是
把心安放在龙岗山、南山、玉龙山
石篆山、石门山；安放在

---

[2] 大足区地图酷似一枚海棠叶。

多宝塔、文峰塔；安放在龙水湖
蓝天日日梳洗的镜面
和她一〇八个岛屿的翡翠项链
我把心安放在海棠香国
飞驰的时代车轮之上，就是
把心安放在
遍地都是祖先和海棠骨殖的
故土

我把心安放在海棠中央，一瓣一瓣
绽放的一〇五万朵海棠呵，就是
一〇五万大足人民，在祖国的百花园
尽情芬芳

家乡的龙水湖

家乡的龙水湖，像我乡下的
表妹：水灵、淳朴
大河在远方浑浊的时节，她
仍是那样澄明，洁净

她像我的表妹那样热爱生活
把湖中一〇八个岛屿当作
翡翠珍珠，喜滋滋地佩戴在胸前
青草肥美，林木葱郁
白鹭鸣青天，青鸾戏绿水
美丽的龙水湖呵，多像
我亲爱的祖国：辽阔、富饶、秀美

但我还是觉得一湖的碧水啊
更像亲密的小姐妹，虽然不是
来自同一条小溪，但都是
水做的女儿，见面就融入一起
身子挨着身子，脸贴着脸，微风轻轻吹来
小姐妹抱成团，轻轻地晃动
柔弱无骨的肩，她们
表妹那样羞涩，表妹那样
温润、清纯、妩媚
让我奔波一生的心
也柔情似水

野菊花翻过山岗

我和自行车飞驰天宫村，一群
野菊花集体相迎，这些
山野的孩子，你追我赶
一忽儿后，一忽儿前，撒一路
金灿灿欢快的音符。一条桀骜不驯的公路
暖了深秋

这群山野的孩子，一直送我
抵达城外的路口，不再前行一步
只远远在山崖边翘首。他们一定是
不愿放弃已极度沉寂的
乡村

野菊花，一路黄灿灿地欢

戴黄绸子头巾的野菊，满山满岭地疯
遇坡，上坎。逢沟，下崖。一路跑着
总是在我的车窗外，黄灿灿地艳
我快，她快。我慢，她慢。总是
与我等速前行。我多想看看
她们的裙裾在轻风中怎样摆动
她们赶路的秀腿怎样拨动我的心弦
她们微微扬起的脸，笑得
痴迷，笑得灿烂

野菊花，我儿时的小伙伴。这些村妞
知道我要回乡下，撒着欢儿相迎
又回头带路。不紧不慢
总是跑在车窗前面。留一路
黄灿灿的乡情，黄灿灿地欢

我在陈家坪等你

车过青杠，或者含谷，也许
你正把二郎安放在汽车的后视镜里
想象载你的大巴
四个飞旋的车轮，已经离开地面
在空中飞行！钟声
我在陈家坪等你。我在陈家坪
等你，而杨鸣、哲夫、程度、太阳花
一壶秋、张九龄他们，又在波西米亚茶楼
等我们。等我们把相聚的时刻表
送达红岩村。让红岩精神
烛照我们的灵魂。一样的等待
两幅相去千里的作品：他们
把波西米亚茶楼作为论坛
讨论重庆飞速前进的轨迹；而我
把自己当作一滴
墨水，点在陈家坪人来车往
万象更新的风景画里

骑行中国

——车友江波将于 2014 年 3 月 6 日从大足出发，预计五年时间走滇藏线、新藏线、大西北等线路骑遍祖国的名山大川。

此去经年，多少晨钟暮鼓
需要你独自聆听和收藏，还有
追随两个车轮的河流和青山
也需要你一一御览和清点
风也罢，雨也罢
权当天赐沐浴
千山万水，只是闲来翻阅的画册
秦皇汉武、唐宗宋祖一介武夫
骚人墨客也只是书生一个，唯我骑友江波
万里山河囊括胸中

谁说“西出阳关无故人”
亲人和车友
如日月在心中高悬

一生只与爱车风流

——知车友江波桂林遇雨后今天将抵达兴安县。

客栈小酌，一杯淡酒尘埃清
一路颠簸独自静
晨风润肤，月晖凉衣
夜来解带乡愁至，方觉
天下骑行远。此时，家人与车友
心头齐聚

烟花三月走桂林，大雨初晴
过了灵川，是兴安
望全州，直逼永州，一站站
都是两个轮轮一唱一和
旭日最知旅人心，唤醒万物
沿途迎送。风光览尽心情好
一骑点亮路人风景：看骑行中国的江波
一生只与爱车风流

馈　赠

我想把远山送给你，就是
视线尽头的那座山：有时
一头山岚云里雾里；有时一脸霞光
神采奕奕。从表面看
它好像挡住了你的视线
你无法看见远山以远，以及
远山以外的世界

骑上你的自行车吧，远山
就是一剂兴奋剂：踏平千山万水
世界只是一粒微尘

月下闲骑

木格窗，月来敲门
闲情逸致撩拨私奔的心情。我与山地车
月下幽会。大足飘向龙水的玉带上
缠绵悱恻。夜入佳境
远远近近三二虫鸣，飞双轮
勾引风，碾沙尘，哪管忙车与闲人
近风景，远山岗，星坠丛林
微汗，薄衣，筋骨舒松
方寸辽阔

家乡的山水，冷落了春风

一株身披岁月风衣的垂柳，也学
现代派书法，荷塘水都绿了
还在反复练习运笔。跃出水面的
已然是一尾怀春的碧鱼

走进农事的人，不是躬行苍茫
就是五音不齐。岁月深处
他们怀揣咳嗽和喘息，就像
历史陈旧的幕布上，斑斑点点的痕迹

男壮女丁，联袂进军城市去了，他们
攻克了中国所有的城池，京都
也早已沦陷。虽然
他们依旧东征工地西讨工薪
却无人想到班师回朝，建立自己的王国
自己的大本营

家乡的山端坐云层，遥望东去水
年年不见浪花回。乡村误把公历当皇历
学什么诸葛孔明，把大好河山
唱成一座春天的空城

妹妹：我是你自行车上的码表

妹妹，我是你自行车上的码表
你驰越的山路、大道
在我心里熠熠生辉。你眼中的山
你眼中的水，全是我心里
春意盎然的风景

朝露，是骑行的清新剂
晚风，拂尽一路尘埃和疲惫
日月就是我们心爱的
两个自行车轮子

吹过你的风，在我心中
荡漾一圈一圈的涟漪
沐浴过你的阳光，温暖
我一生的骑行

枇杷妹妹，请把 QQ 留下

枇杷妹妹，你是否知道
我们是车友立军盛情相邀的
自行车发烧哥们。我们
从大足驰来，直奔铁山
耀眼的灿烂。你把
身披黄金甲的大个子枇杷
一一介绍给我们，让车友们
树上树下直抒胸怀

枇杷妹妹，请把 QQ 留下
来年夏风初暖
又是满园新春

天空努力要把我们拔离地面

我和“迎客松”，毅然决然
驰进风帘雨幕。激怒的天空
视我们为眼中钉，撒下
更加密集的大雨的绳索，妄图
把我们拔离地面

骑行英雄，反把雨的绳索
从永川拉到了大足。就像当年
老牌共产党人，冲破重重黑暗
宁死不屈。今天
我们冲破重重雨霾风障
淋湿不腐

青山院

青山院，用自己的名字作招牌
教人们跋山涉水，逶迤而来
骑行队也不例外，一条峭公路
绕着两个轮子盘旋。后山石板大道
来来去去独自蜿蜒

有人相思树下靓身段
有人不停地用镜头
定位各自的视点。（九龟山上）
九龟至今也懒得开口吐箴言
龟头上人人站成和尚或道姑
立于仙界与凡尘之间

青山院，青山院，是我们
让你在人间神气活现

骑行的心情万紫千红

我把快乐交给自行车，自行车
竟到诗里登记注册。公路的录音带
播放车轮旋转的韵律
欢快愉悦的心情，伴着
阳光的节拍，在蓝天下
万紫千红地明媚。理想
从心中出发，人生在骑行中闪光

那么多人的信仰都已屏蔽
我们的骑行永无止境，那是因为
我们心里
有一个中国梦的小秘密

自行车领我突出重围

北环路的斑马线
汽车洪流汹涌澎湃的尾气
猛烈攻击我的肺部，企图
捣毁我的呼吸系统

宏声文化广场
那些品质优良的空气
惨遭打柔力球老人的蹂躏
练健身舞的妇女又凶狠地推来搡去
打太极拳的更是一阵拳打脚踢
……

一辆山地车，领我冲出
人与空气无休无止的战役
青山在左，碧流在右
我的自行车驰骋自由
我的渴望
自由自在飞

在路上

下一站之前是骑行，下一站之后
是骑行……前方是快乐的大本营
山已不是山，坡已不是坡，只有河流
唱着不倦的歌；星星
一颗一颗眨着眼睛；太阳
一次一次笑出鸟的晨鸣

骑行仅仅是现实生活
一次次精神旅行：日子的重负
一如放飞的风筝，抑郁的心情
雨过天晴。从梦中到风中
在路上永远充满自信。当那扇窗
在前方亮起来，那是亲情
守候的温馨

炊烟提着草屋飞升

群山，好像要围点打援
公路两端早被截断。我们
一行八骑，奋勇向前
群山好像暗藏机关，风驰电掣
仍被困在轮下这一段路面

忽然，远山一缕炊烟
提着一座草屋向上飞升。炊烟
突破群峰了，草屋却挂在了半山
这是不是一种暗示，抑或
草屋本身就是一个暗喻

骑手们一躬身，像离弦的箭
在公路这根弦上飞鸣

鸟语花香

一只鸟儿，从露珠里捞出一串清亮的音符
撒在天屏。民俗唱法的鸟声
溅落满山满岭的花香中，又被晨风
轻轻拾起，放在风的传送带上
向远方传递

远方的骑友呵，这风中的歌谣
是我虔诚的祝福：一马平川的大道
一波三折的小径，都是
快乐的琴弦，一曲曲高山流水
伴我们一生骑行

我到白沙村来看你

说声去看你，整整一宿
我把床折过来叠过去，连旭日
也瞅成了红脸汉子。听说我要来
你邀约姐妹们几十里外相迎，灿然的笑
让拥塞十里的汽车，一辆辆
像热锅上的蚂蚁！车友们飞旋的两个轮子
驮着跳出胸腔的心
在僵滞的汽车长龙间穿行

穿越你们黄衫绿裙的十万亩芳阵
慌得随行的相机，一个劲儿
眨眼睛。尽管我有着现代都市人的坏脾气
你和你的姐妹们，还是
一忽儿在我左边风情万种，一忽儿
在我右首摇曳生姿

难分难舍的情景，铁石心肠的人
也柔情似水。你们先是争着
把我迎到崇龛，继而前推后搡
又送至陈抟故里
看着你们欲言还休、魂不守舍的小样儿
我知道：我就是你们今生今世的
白马王子

绿色空气

在花地，我植入泥土的双脚
像我栽种的花木，深深地扎进大地
这里有绿色空气
在我身体的某个系统进进出出
像一个地地道道的清道夫：清除
我胸中的沉郁，和大脑沟回的陈垢。让人
不经意地感受水、肥
源源不断地从脚趾，进入体内环游的畅意

闲暇时，往事
像和风牵着淡淡的云影，飘过
我的心空；有时又像细无声的春雨
润泽花事繁忙的日子
绿色空气，教会我
在物欲的浊流中
洁身自好

空杯留香

一朵凝聚天地灵气的浪花
从奔腾不息的赤水河
跃身而起的瞬间，竟然成为
一滴神奇的蒸馏水

抿、咂、呵、闻
一番品评，枸酱留香的空杯
也让世界觉得门当户对

酒香在我血脉中风生水起

杯中兰香，打通我人生的任督二脉
曾经的自闭，心潮
一浪一浪涌过：生活的山山水水

入鼻的瞬间，全身近百万毛孔
同时敞开心扉；六百三十一块肌肉
开始有氧运动；二百零六块骨头
返老还童

与酒邂逅
胸中万马奔腾

三千世界渐渐澄明

一粒高粱不可复制的传奇

一粒高粱，在寒婆岭下
找到了前世的故乡。就像一个人
找到了命中的祖国。从此
在马鞍斜坡上吸纳天地灵气
并生儿育女。季节成熟的时候
它们与左邻右舍的小麦，以及
赤水河的浪花，浩浩荡荡
奔赴茅台镇集训：经过两次下料
九次蒸煮、八次摊晾、七次取酒
涅槃的凤凰，以晶莹的情怀
和高洁的灵魂，成为中国酒业
不可复制的传奇

路漫漫
Lumanman
第四辑

我的江湖

我的江湖是我五千年的汉字
一柄闪电一匹骏马
挥刀斩邪恶，躬身事桑麻
纵横驰骋，都是我的江湖

我的江湖，农人“锄禾日当午”
渔歌唱晚舟泊船埠；我的江湖
“广厦千万间”，没有黄金垒筑的别墅
我的江湖，绿就绿个春满园
红就红个艳阳天

我的江湖，乡试殿考
汉字是唯一的主考官；诗人中举
以民生为重，为官两袖清风

金榜题名，洞房花烛，解甲归田
我的江湖，人生的风景流光溢彩

我的江湖
留守儿童的书声与春风互诵
空巢老人把福利山庄
交给夕阳描红着绿
我的江湖是我祖传汉字的故国
才送朝阳下西岗，又引月光入东窗
陶渊明篱下采菊，一字一韵
铿锵我的江湖

大足，大足

大足，我掏尽心中焦灼，也无法
以你大丰大足的身世，向世界
讲述你的今天，我拾起的
仅仅是你八百年前的牙慧。五万余尊
石像，彪炳着：你特定时期的
一种思维方式。唐末宋初
谁知晓你心中的秘密，和
抱负。时光留一张八百年的收条
至今子孙们仍在误读。石壁上
修修补补。山川低啸，河流梗阻
我行我素的日月，赶自己的路
懂与不懂，悟与不悟，不是
日月关心的事务。再说铁艺吧
自己砍自己的伤口，也算不上
锋利，但很痛。千锤百炼的五金
早已进入县志。一片低矮的屋檐下
捣过来，捣过去，只是一堆
轧钢微薄的利润（八百年前
铁匠和石匠，带走了
当初的技艺，以及
赵智凤三教合一的画图

大足，如果没有八百年前的石佛
谁在今天念你的经）

斑马线：波涛汹涌

满载飓风的的士，向东
驶过斑马线，轮下波涛汹涌；
满载闪电的大巴，向西
驶过斑马线，掀起浪花飞溅
宝马驶过，一路火花
皇冠驶过，四轮生烟
本田、铃木、现代、欧宝、悍马、保时捷
中巴、奥迪、摩托车一路向东、向东
吉普、双环、福特、吉利、捷豹、雪佛兰
面的、皮卡、救护车一路向西、向西
红色的车、白色的车、黑色的车、蓝色的车
向东、向西；向西、向东
一辆辆风驰电掣
一位木立斑马线的老人，像一枚
遗弃的枯叶，在骇浪中战栗不已
车疯向东，车疯向西：斑马线
巨浪滔天

六妹的火车

六妹的火车，出了站口
我的一块心病，就疼痛几个省份
隆隆驶向远远的深圳。六妹
不再理会还在梦呓的地震，毅然
把自己宿命的前程，和母亲
走后的悲痛，以及儿子辍学的沉重
默默地装进小小的旅行箱。携带上
孤寂，像携带一个人随身的行李

祖国的春风里，一个人的火车
仍在茫茫旷野疾驰。茫茫窗外
就是自己今生的家园。两旁
退着走的树木，就是
自己的亲人和朋友

车窗的活动画框：白的是山水写意
黑的是印象派作品。她多么希望
走出夜长长的隧道，就看见
黎明崭新的创意

六妹的火车，运载着一列——打工岁月

驾驶员

以自己一生的奔波
抵达别人的目的地

公路，久雨初晴的傍晚

白天大量雇用秋阳的公路
此刻辞退了所有的热能

川流不息的车辆
大睁着明亮的双眼匆匆而过

三三两两碰头的粮袋和箩筐
只把各自的影子拉长又收拢

农人是锈铁一样黑乎乎的合页
在公路上一张一合

铁铲和扫帚沙哑的低语中
公路温驯而祥和

“二娃子，把独轮车推过来”
压住了一条公路的喧腾

玻璃画

大地辽阔的画廊，展示出春天的
现实主义作品：蝴蝶飞过来飞过去
炫耀自己精美的创意；蜜蜂
振动小翅羽，发布百花画展的信息；绿叶的
素描，青凌凌阳光流淌
几只写生的蚂蚁，抬起头来
听了听小鸟反复形容婉转一词的清丽

春天的城市是一幅价值连城的名画
一个精通货币的人，看了看
画中那些人气很旺的
服装门市、箱包门市、音响门市
咖啡厅、小面馆、蛋糕铺
影剧院、银行，以及居民住房
和全城唯一的儿童游园
看着看着，他自己就把它看成了
一幅废弃的玻璃画，他举起手中的开工令
像举起一把铁锤

和谐，而又姹紫嫣红的世界，骤然
响起：一阵玻璃碎裂的声音
或者推土机的轰鸣

下雨的夜晚

午夜泛滥的雨声，发着狠拍击我的心堤
像涨潮的海浪，把我卷出
花场值班室。风雨声中
我把掀翻的棚膜重新固定
把刮倒的花木轻轻扶起。当我
扶起一株长势很好的南洋杉，我明显地感到
那些折断的枝丫，像一个人折断的
手臂，筋骨碎裂、血肉模糊。痛苦的战栗
迅速传遍我的全身，那痉挛
让人心悸。就像我曾经的单位
一场莫须有的雷电，我和我的同事
枝丫一样被劈掉的伤痛和无助
那样锥心

大雨越来越疾。花木
裹紧哭泣的心，像冬天雨夜
街头的流浪汉，瑟瑟地摇晃着身体

垃圾箱粘住了他的视线

在小镇，他曾在走街串巷的风雨中
把剃头匠的名号，走成了理发师
这一走啊，他的妻子却跟着一场疾病
私奔。他的儿子
也随一声急刹车绝尘而去。现在
他只身一人，扛着积攒了七十年的光阴
揣着一门（早已无人问津的）好手艺
如阳世的人，揣着一叠冥币
一步步走向：岁月的深宫

他把命运焗成一头白发。并不断
把身体拉弯。然后
采用慢镜头的方式，在遍地都是

美容美发厅的街头，把僵曲的双腿
一下一下，纤夫一样
在陡峭的江岸移动

（他神情黯淡的旧西服
在尘埃里飘忽）

生活的小秘密，往往在偶然回头的瞬间
让人看见，让人心惊。那一刻
垃圾箱粘住了他的视线。难道
他要为垃圾箱理一次发？抑或
他要把自己的余生，托付给垃圾箱
这样想的时候，我的心
陡然一颤：他的暮年
湿了我的双眼

天涯海角：我心上的沧桑

出门在外的人，带着广阔的天空
或杂草丛生的故土；带着
家中的寒霜，或亲人的期望；抑或
一个温馨的梦。出门在外的人
你命里铿锵的路，像一根
冰风中颤动的琴弦，每一个音符
都在我心尖上寒凉

出门在外的人，都是我的亲人
我没有为你们备好盘缠和芒鞋
只好用一瓣心香为你们铺路
天涯海角，你们在我心上
沧桑

远　方

走向远方的人，都紧紧拽着
命里的故乡。一茬接一茬
走在希望的路上。别人的屋檐下
借来月光，点燃自己心中的篝火
烘烤晨霜

远方，远方，漂泊着前世村庄

那是天平失去了准星

把连绵起伏的大山，说成
波涛汹涌的大海。把大海
说成辽阔无垠的平原。把曦光
微露的黎明，说成晚霞散尽的
傍晚。把骡说成马。把女说成
男。把银须冉冉的老人，说成
牙牙学语的娃娃。把一树的苹果
说成梨。把农人的锄头，说成
工人的锤子。把妓女说成天使
把强盗说成大侠。说贪官两袖清风
说一沟臭水波光滟潋
四季飘香。黑的说成白。白的
说成黑。那是天平失去准星

雨刮器，刮来刮去

百年未遇的干旱：苍穹
是一个巨大的火炉。一枚剧炽的
炭丸，在炉中红红地旋转
赤烈的火焰，把稻田、鱼堰、水塘的
底部，割裂出一道道闪电的口子
生生撕开农业的胸膛

楼群夹缝间那点仅有的绿色
高温下一点一点地变淡，卷曲，枯萎
板车、三轮、棒棒、民工，以及
远天远地寻找水吃的农民
他们抬头的瞬间，不约而同
举起右臂，粗壮的食指
像汽车的雨刮器，在粗糙的额头
刮来刮去。一串串汗珠
是淬火的命运，在指尖滴落

白发：一篇沧桑的散文

看见白发，我肃然起敬
哪怕是我前世今生的仇人

不管白发是男，抑或是女
在卧，在行
或者倚门而立，浑浊的目光在远方叹息
看见白发，我就看见了亲人
我的愤世嫉俗心平气和
我的烦躁安静如婴
我漆黑的心升起黎明
电闪雷鸣就是虹霓万顷

看见白发，我就看见了
岁月那一双雪白的小脚，在父亲母亲
隔世的头上，走出一地碎银
我就看见屋后芭茅
那满头白花花的银丝，在我心底的
晚风中飘飞。看见白发
其实，就是看见了一串汉字
——风雨、霜雪、雷电和飞逝的光阴
咳嗽、哮喘、脑血栓、骨质增生
和连着心的痛。看见白发
就是阅读
一篇沧桑的散文

我热爱的汉字多么亲切

三轮车夫，擦鞋女，下岗工
稻谷，麦子，蔬菜，土地
一大堆汉字。一撇一捺
我一心一意地书写。他们
溶进我的血液，在我的体内
生动。真实如：我的心，我的肝
我的胃，我的脾，我的生命
生生不息。生生不息是我的汉字
草民部首布衣偏旁的汉字
从殷墟走来又走向未知的汉字
烈日下鼻尖滴汗的汉字
抱紧疾病远离医院的汉字
为一天三顿在风雨中奔波的汉字
我越来越简洁，越来越明快的汉字
一笔一画走进我的诗中：铁线草
一样葱郁，山涧一样清澈
鲜艳夺目，熠熠生辉。我热爱的
汉字（在劳动的过程中
已从名词转为动词，成为
社会坚实的基础）为我们的生活
造句

我们的生活也拥有夜色

在世界眼里，我们的社会
充满阳光，譬如
改革开放轻轨一样伸向前方
生活的春天，百花齐放。其实
我们也有不为人知的一面，就像
太阳走了，黑夜又来。就像
国家反腐，东北虎和金钱豹
全都筑巢密林深处
抑或
域外

我们儿女双全，我们
存款过万，走在祖国的阳光下
我们幸福美满。其实
我们也有难言的隐痛，日货的洪流
奔涌街头，泥沙
堵塞了我的心口！钓鱼岛上
鬼哭狼嚎的叫嚣，像利刃
切割我的心脏

夜色弥漫我们的生活
我们有什么颜面
去见我们的祖先

再次写到蜗牛

清晨
爬越公路的蜗牛，一批一批
被汽车飞旋的巨轮碾碎。临死
也不知是什么诱惑它们前仆后继！就像
一代一代王朝
那些冲锋陷阵的士兵
一茬一茬饮恨枪林弹雨
至死也不明白
他们的献身，到底
为了谁的江山社稷

再见葡萄

再见葡萄，我已然是一坨老姜
岁月是一团粗纤维，如何咀嚼
除了辛辣还是辛辣
这个时刻，葡萄
酸甜酸甜的感觉
让我向往，也让我心碎
瞅一眼葡萄水灵灵的娇嫩
我前世今生的路：一半酸涩
一半欣慰

盲，或者问道

步行街的盲道身段娇小，肩宽
不足三十厘米，它们
常学青蛙跳跃。向左跳
靠近门市；向右跳靠近街心
跳到空中
谁也看不见它们的踪影

众多的摊位、自行车，还有
其他物什，十分崇拜盲道
盲道走到哪里，他们
如影随形追随到哪里
而牛皮哄哄的豪车，却常堵住盲道
不准下路口，让整个社会
瞠目结舌

春，只有你能平息我情感的叛乱

春呵，你团扇半掩的妩媚
让我窒息严冬的爱，起死回生
瞅着你枝头粉嘟嘟的樱桃小嘴
我发誓：哪怕犯一次错误
也要把我怦怦狂跳的心
交给你：只有你能平息
我情感的叛乱

（你是唯一
让我此生的心儿鲜艳欲滴的人）

我一生一世的爱，在今后的日子里
一点一点地为你兑现：比如
一天二十四小时，我要一分一分地缠绵
就像一个除不尽的方程式
小数点以后，也永远是
久久久……的春：我要和你一起
一秒一秒地，慢慢抚慰
生活中的风风雨雨

晨风中，清洁工坐成一座雕像

晨雾将一顶橘黄色帽子，使劲
压了又压；一个橘黄色的身影
从颈椎处往下拉了又拉，一张
岁月的弯弓，就在门市的台阶上
坐成晨风中的一座雕像。一双
筒在袖子里的手，不知什么时候
摸了一把低垂的头，一头青丝
竟然黑白两道杂居

一双眼睛，空洞无物
也许，他早把曾经的神采
斥借了一半
给家中的病妻，另一半
划拨给了大学里那唯一的
一缕晨曦

风，还在风着，雨，还在雨着
一动不动的雕像，在我心中
忽然颤动了一下，一只无形的大手
硬生生把我的心，捏出
滚烫的痛

我用春风洗涤灵魂

我在春风中洗涤。首先
清洗眼里的红斑、尘埃、沙粒
和云翳；再清洗发丛中的
灰渣、头屑；接着清洗
手上的油渍、泥污、铜臭，以及
十个手指甲缝里视而不见的隐疾
然后清洗常在世俗中行走的
一双脚，套着袜子穿着鞋
就像一个人的灵魂
层层包裹。我还要努力清洗
那些汗垢、脚气，和鲜为人知的暗喻
身体的各个部件都要清洗干净

行走祖国
一身轻松

秋风辞

人生苦短。秋风正闲庭信步
放下尘埃和枯叶，放下
黄金和白银。心情依旧纯洁

白头已是同路人，谁言衣带渐宽
黄花瘦。清风明月
早已不说闲愁

雨滴喜欢变着花样玩

雨滴喜欢变着花样玩，像学龄前儿童
水灵而调皮，它们把娘胎带来的一个玩字
演绎成淋漓尽致。它们
常常在电线或铁丝上滑翔
它们排成队，从线的此端
往彼端逡巡，有的在中途
就往下跳。它们欢快的样儿
让看见的人很开心

有时，雨滴把自己挂在叶梢
躺在风的怀里撒娇，或者
抱紧双肩轻轻摇晃。有的
还会跳上你的额头，或鼻尖
挠你的痒痒，让你十分惬意地
爽

雨滴总是在雨天，变着花样玩
给喜欢它们的眼睛，意想不到的
欣喜，和神游万里的遐思

可不可以坐下来谈谈

岁月低头赶路的样子很专一
风衣滑落在我的脸上
也不管不顾风雨兼程
风吹风衣，满是皱纹
让我看了，也为岁月叹息

我也夜以继日追赶日子
但我要在静夜回溯、走过的路程
哪里有山哪里有水
哪里有坡哪里有弯
我都要一一检点

可不可以，我们坐下来谈谈
我把风衣还你，别人就不会
在我的脸上看见你的痕迹
你把青春还我，从此
你也会拥有
快意人生

春天教我要像一株植物那样生长

想想春天血液就在体内咆哮，挟裹着
整个寒冬的亢奋，一路
席卷秋的焦渴，夏的狂躁

瞅见春天的第一眼
我再也按捺不住
拥抱春天的冲动

正要向春天问好，却看见
春天斜倚亿万年时光的门框
向每一个路人欲言又止

再看春天，她一如既往地灿烂
安详、灵秀、含笑不语
祖国的大地上，风一样轻盈地婀娜多姿

春天教会我
要像一株植物那样生长
从此，我的心里干净而清香

一株桃花

一株桃花，不停地向我张望
那翘首的模样，撩起我心湖的水纹
一圈一圈荡漾。记不清
她是何时来到
我的花卉基地。她一来
就站在那里，不靠前
也不离去。春天刚一开口
她就把桃花挂满全身
那夸张的样子，让我的眸子和整个天空
澄澈明净

一个人在天与地之间歌唱

一个人在天与地之间歌唱，发出
杨树、柏树、柳树、樟树的
声音；发出高粱、大豆、玉米的
声音；发出菠菜、红薯、莲藕、莴笋的
声音；蚯蚓松土、虫鸣蚁行……
都是我声带上栩栩如生的音符

一个人在天与地之间歌唱，发出
三轮车、架子车、出租车的声音
发出农民工、环卫工、电工的
声音；发出管道工、锅炉工、翻砂工
瓦匠、铁匠、石匠、木匠的声音
这些亲切的声音生动着我的歌喉

一个人在天与地之间歌唱
稻田、麦地、苕土，让每一个词根
蓬勃向上；公路、铁道、航线
每一个词都有明确的方向
一个人在天与地之间歌唱
万物的声音，汇成一个人
一个时代的主旋律

我的视线时常打滑

比如今天，我和山地车去户外
就不断拾起打滑的视线：秋风吹拂
三个或者五个小学生，磨磨蹭蹭
回家好像是进牢笼；水田
扎缺口的，干田挖壕沟的
这里躬一个，那里猫一人
好像岁月的残兵败将；在一个
叫曹家垭口的地方，公路
像受到刺激的巨蟒，忽然
把头高高昂起，山地车
惊怵得前轮几次抬离了地面
土丘一样沉寂无语的两堆青草下面
两双年龄不大也不小的女式凉鞋
每一步都深陷地心巨大的磁场；山崖边
一把豁嘴钝锄，正一下一下
掘一条小沟，并用碎石块和泥
圈养逃出石缝的泉水。看他
机械木然的动作，好像
他与这个世界的合同已经到期

后 记

骨子里，我一直想成为一个诗人。

在以黄金和权力衡量一个人的社会地位和身份的商品时代，在物欲横流的社会各阶层人群中，人们也都乐意叫我诗人。但我为没有写出流传千古的诗而惭愧。然而诗，却深入到了我的骨髓，在我的血液中奔跑。所以，我一直希望自己的人生就是一个小小的诗世界。而我的世界里，人和事的纠结缠绕，却未能赋予我更多的诗意，虽然我一直努力着。这就注定了我此生必定沦为诗的奴隶，终身为诗服役。

呈现在读者面前的这本诗集《天空很蓝》，再一次为我的人生际遇出庭作证。本来，我打算将近两年的诗作整理为一本新的集子，一次千载难逢的机会竟然在此时毫不迟疑地向我靠拢，重庆市作家协会要出版一套重庆都市作家丛书。庆幸的是我的诗稿全票通过了初评和终评，成为丛书的幸运者之一。根据评委意见，所选作品我又作了较大调整，《天空很蓝》就成了一本我近十年的诗选集了。诗集中的诗，第一辑《父母在，不远游》除《生死拔河》一诗是2014年我六十三岁生日怀念母亲之作外，余下的全是几年前的旧作 第二辑《西厢情歌》中的作品主要是2014年3月至2015年8月的作品；第三辑《天空很蓝》和第四辑《路漫漫》中的作品选入了前几年的部分诗作。而一首早期作品《祖国，我是您衬衫的第二颗纽扣》，破例收入其中是因该诗的一段奇缘：《星星》诗刊1989年3期发表该诗后，编辑部转来一封读者来信。读信后知是校园诗人黄前文写的，他认为是一首难得的好诗，既正面歌颂了祖国，又形象生动，其文本呈现出强力的正能量。随后我将回信寄交《星星》诗刊编辑部再转邮了他。事隔二十六年后的2015年春黄前文竟通过我的博客再一次联系上了我，我们又开始了交流往来。不过，现在他大部分精力已转入小说和散文创作。这些作品，共同见证了现实生活中我与诗和睦相处的岁月，并直接或间接地从不同角度不同层面透视出我的生活画面或场景，是我心象的呈现和社会现实的折射。反过来说，也就是我狭窄视野和辽阔心域诗意的具象再现。与诗相伴，我洒脱而优雅，庸常的生活也就有了些许的诗意。

相对而言，调整后的诗集《天空很蓝》要比原计划所拟作品质量整齐一些，诗集容量也得到了扩充。

一直以来，我都想拥有一把锋利的诗的手术刀，对我的诗进行一次次脱胎换骨的手术，彻底切除我诗的病灶，让我的诗健康茁壮成长。虽然，我至今也未能获得这样一把神奇的手术刀，但我仍然尽我所能为自己的诗歌把脉，找出其病因，予以应有的疗治和调理。尽管没有显著的疗效，但我仍一以贯之地向着自己心中的目标前行。

在日常写作中，我尽量把作品的真实意旨转弯抹角地呈现出来，或借此喻彼地表达一种思想或某种社会现象。就是爱情诗，有时也蕴含着某些社会元素，甚至就是借情事而言他。因之，我的诗虽较明朗，仍蕴含着较为深层的诗蕴和题意。诗语力求明白晓畅，也力避耳熟能详，且尽量与他人的语言及风格陌而疏远，与读者亲近而富有张力。但，我深知要做到这一点实在太难，要让自己和读者满意，可能要穷尽我一生的努力。

诗集《天空很蓝》编就，让我意识到自己竟然曾在某一个时段踯躅于一个误区，之前我竟然未能看出这破绽。幸好评委们看到并指出了这一点。评委们都有一双火眼金睛，既看见了我诗歌的亮点，又辨识出其中的瑕疵，真的，特别令我感佩。为此，我要由衷地说声感谢，感谢重庆市作家协会，感谢为编选这本诗稿出谋划策的评委，感谢即将阅读到这本诗集的读者们。

赵历法

2015.9.25